KB244252

아빠,

찰리가
그러는데요

Papa, Charly hat gesagt···
by Ursula Haucke

All rights reserved by the proprietor throughout the world
in the case of brief quotations embodied in critical articles or reviews.

Korean Translation Copyright ⓒ 2002 by HENAMU Publishing Co.
Copyright ⓒ 1979, 1980, 1983, 1985 and 1988
by Rowohlt Taschenbuch Verlag GmbH, Reinbek bei Hamburg

This Korean edition was published by arrangement with
Rowohlt Taschenbuch Verlag GmbH through Bestun Korea Agency Co, Seoul.

국립중앙도서관 출판시도서목록(CIP)

이 도서의 국립중앙도서관 출판시도서목록(CIP)은 e-CIP 홈페이지(http://www.nl.go.kr/cip.php)에서
이용하실 수 있습니다. (CIP제어번호 : CIP2004001699)

아빠,

Papa, Charly hat gesagt...

찰리가 그러는데요

우르줄라 하우케 지음 · 강혜경 옮김

해나무

| 차례 |

가족은 뭉쳐야 한다

아들 아빠, 찰리가 그러는데요, 걔네 아빠가 할아버지를 안 좋아하는 사람은 다시는 집에 올 필요가 없다고 했대요!…… 어, 아빠, 사진 보는 거예요? 나도 볼래요!

아빠 사진 좀 정리하려고. 어찌나 정신이 없는지 말이다.

아들 와, 이 꼬마가 아빠예요?

아빠 그래, 나다. 이때가 그러니까, 지금 네 나이쯤 됐을 때였나보구나.

아들 이분이 할아버지예요?

아빠 그래, 네 할아버지다.

아들 사진이 잘 나왔는걸요.

아빠 (동의한다는 듯이) 음……

아들 할아버지 뵌 지도 꽤 오래 된 것 같아요!

아빠 그렇구나. 오는 일요일쯤…… 아니, 일요일에는 침머만 씨가
      오기로 되어 있구나. 그럼 그 다음 일요일에…… 얘, 내가 안 잊
      어버리도록 꼭 말 좀 해주렴.

아들 네. 찰리 할아버지는 이제 찰리 집에서 함께 살아요. 처음에는
      우베가 못마땅해서 투덜거렸는데…… 여기 이 수영복 입은 뚱
      보는 누구예요? 세상에!

아빠 넌 모르는 사람이야. 그런데 우베가 누구니?

아들 찰리 누나 남자친구예요. 찰리 누나가 이제 거실에서 지내야
      하거든요. 그런데 거실에서는 문을 걸어잠글 수가 없다나요.

아빠 애들이 방문은 닫아놓고 뭘 하려는 건지, 원.

아들 찰리 아빠도 그렇게 얘기했대요. 그리곤 우베에게 가족이란 무
      슨 일이 있어도 끝까지 뭉쳐야 한다고 했대요.

아빠 말 한번 잘했군.

아들 우와, 아빠, 나도 한번 봐요. 여기 이건 뭐예요?

아빠 손수레야. 이걸로 온갖 물건들을 다 옮길 수 있지. 필요하면 동
      생들까지도 말이야!

아들 정말 멋져요!

아빠 할아버지가 손수 만들어주신 거다.

아들 우와! 아직도 이런 걸 만들 수 있을까요?

아빠 아마 그럴 거다, 형편만 된다면……

아들 할아버지께 부탁하면 제게도 하나 만들어주실까요?

아빠 그건 좀 힘들 것 같구나. 할아버지가 계신 양로원에는 이걸 만들 만한 자리가 없단다.

아들 그럼 우리집에서 만들면 되잖아요.

아빠 그건 안 돼…… 여기 좀 보렴, 에벨린 사진이로구나.

아들 에벨린 고모는 죽었나요?

아빠 아니, 죽은 건 아니야. 전쟁이 끝나고 러시아 군인이랑 달아나 버렸지. 그 뒤로 연락이 끊겼어.

아들 그러니까 우리 가족은 뭉치지 않은 거로군요.

아빠 무슨 소리! 우리 가족도 단결이 잘 되는 편이야!

아들 어떤 때요?

아빠 어떤 때라니! 서로 아끼고 도움이 필요할 땐 언제나 그렇지.

아들 누굴 아끼고 도와줬는데요?

아빠 그러니까 말이다…… 그렇지! 네 사촌 미샤 말이다. 미샤가 실습생으로 일할 만한 자리를 못 구해서 쩔쩔맬 때 이 아빠가 은행에 자리를 마련해줬잖니. 은행 지점장인 빙클러 씨를 잘 알거든.

아들 (흥분하며) 아, 맞다. 그리고 마리온이 백화점에서 목걸이를 훔쳤을 때도 에버하르트 삼촌이 경찰에 신고하지 못하도록 손을 썼죠!

아빠   그건 또 어떻게 알았니?

아들   다 아는 수가 있죠…… 우와, 이것 좀 보세요. 할아버지 팔에
안겨 있는 게 나예요?

아빠   그래, 너로구나! 할아버지는 너랑 함께 있으면 아주 못 말릴 정
도였지.

아들   그런데 우리는 왜 할아버지랑 같이 안 살아요?

아빠   집이 너무 좁잖니.

아들   우리집은 찰리네 집보다 방이 더 많은데요?

아빠   찰리네 식구들은 집이 좀 좁아도 별로 상관이 없나보지.

아들   아니에요, 그렇지 않아요! 처음에 찰리 누나가 얼마나 골이 났
었는데요! 그런데 지금은 저녁마다 모두 할아버지 곁에만 붙어
있어요. 너무 편하대요. 할아버지한테는 귀여운 고양이도 있어
요. 아빠, 제가 바닥에서 자고 할아버지께 제 침대를 드리면 안
될까요?

아빠   할아버지께 방을 양보하겠다니 기특하구나. 하지만 안 돼.

아들   왜요?

아빠   왜냐하면 말이다…… 사진 다 구겨지겠다!…… 할아버지는
우리랑 생활 방식이 완전히 다르거든. 같이 살면 불편한 게 많
을 거야.

아들   할아버지가 매너가 없다는 거예요?

아빠   아니 아니, 그런 뜻이 아니야. 할아버지는 아주 선량하고 점잖은 분이야. 또 평생 힘들게 일해온 분이지. 열네 살 때부터 돈을 벌어야 했으니까. 그래서 그렇게 많이 공부하지 못했단다.

아들   이렇게 멋진 손수레도 만드실 수 있는데두요?!

아빠   물론 그런 건 배웠겠지. 하지만…… 할아버지는 머리보다는 손을 더 많이 쓰면서 살아오신 분이야. 내 말 알겠니?

아들   아뇨.

아빠   그건 그러니까, 쉽게 말하자면, 할아버지는 우리 이야기에 함께 끼실 수가 없다는 뜻이야.

아들   무슨 얘기요? 섹스 같은 거요?

아빠   농담은 그만둬!

아들   아님 비-권-위적인 교육에 관해서요?

아빠   무슨 뜻인지도 모르면서 함부로 말하지 마! 참는 데도 한계가 있는 법이야.

아들   그냥 물어본 건데…… 손님들이 오면 항상 그런 얘기뿐이잖아요.

아빠   얘깃거리는 아주 많아. 예술, 정치, 경제 뭐 그런 것 말이다.

아들   할아버지는 그런 대화에 낄 수 없다구요?

아빠   할아버지는 소외감만 느끼게 될 거야. 너도 한번 생각해보렴.

할아버지가…… 그러니까, 빌란트 아저씨나 그 부인과 잘 어울릴 수 있겠니?

아들 아뇨! 그 사람들은 할아버지에 비하면 너무 멍청해요!

아빠 너 자꾸 그렇게 버릇없는 소리 할 거냐?

아들 알았어요, 안 할게요. 아빠, 할아버지는 양로원에서 사시는 게 좋을까요?

아빠 물론이지. 그곳에는 얘기가 잘 통하는 분들이 많이 있으니까.

아들 찰리가 그러는데요, 개네 아빠가 노인들은 노인들끼리만 있는 걸 별로 안 좋아한다고 했대요. 젊은 사람들이나 아이들과 함께 있고 싶어한다구요.

아빠 아이들은 노인들을 귀찮게 해.

아들 아빠도 제가 귀찮으세요?

아빠 나는 아직 노인이 아니야, 알겠니?

아들 그럼 나에게 아이들이 생기면 아빠는 내 아이들을 귀찮게 생각할 건가요?

아빠 아직은 모르겠다!

아들 아빠! 난 정말 바닥에서 자도 괜찮아요!

아빠 이제 그만 하자! 아빠가 한마디만 하마! 할아버지가 계신 양로원은 일등급이야, 일등급! 그곳에 한번 들어가려면 몇 년을 기다려야 한단 말이야!

아들　　몇 년씩이나요??

아빠　　그래!

아들　　……그럼 아빠도 벌써 신청하셨어요?

가난한 사람과 부유한 사람

아들　아빠, 찰리가 그러는데요, 걔네 아빠가 가난한 사람들이 인심이 더 후하다고 했대요!⋯⋯ 왜 그런 눈으로 보는 거예요?

아빠　기다리는 중이야.

아들　뭘요?

아빠　네 말이 다 끝나기를 말이다.

아들　그게 끝이에요. '가난한 사람들이 인심이 더 후하다.'

아빠　그게 어떻게 끝이야? 인심이 그냥 후한 게 아니라 '더' 후하다고 했으면 누구보다 더 후한지를 밝혀야 할 것 아니냐. 자, 다시 말해봐. 가난한 사람들 인심이 누구보다 더 후하다는 거냐?

아들　잘사는 사람들보다죠, 당연히. 아빠가 그 정도는 알고 있을 줄 알았는데요.

아빠   아빠 네가 어떤 얘기를 하든지, 바른 문장을 쓰길 바라는 거야.
       물론 이번에도 네 말이 얼토당토않은 결론으로 끝날 거란 건 이
       미 짐작하고 있지만.

아들   내 말이 얼토당토않다구요? 왜요?

아빠   우선 네가 말하는 그 '심각한' 문제라는 게 무슨 연구 발표를
       통해서 증명된 것도 아니고, 또 '가난한 사람들'은 인심이 후한
       게 아니라 얼마 안 되는 돈마저도 아낄 줄 모르고 낭비하는 거
       야. 그 사람들이 가난한 것도 아마 돈을 제대로 관리할 줄 몰라
       서일 거다!

아들   아빠 항상 문제를 나쁘게만 보는 것 같아요!

아빠   천만에! 아빠 찰리 아빠처럼 좁게 생각하지 않는 것뿐이야. 사
       실 가난한 사람들은 잘사는 사람들보다 인심이 후하게 보이기
       가 더 쉽기도 할 거야.

아들   왜요?

아빠   왜냐하면, 그 사람들은 아주 조금만 인심을 써도 후하게 보일
       테니까. 예를 들어 어떤 가난한 사람이 자기가 가진 마지막 빵
       한 조각을 다른 사람한테 나눠줬다고 생각해봐라. 찰리 아빠
       같은 사람은 아마 그럴걸. "이 사람은 자기가 가진 재산의 반을
       나눠주었다"고.

아들   하지만 사실이잖아요!

아빠   그래, 문제는 그 사람의 마지막 재산이란 게 겨우 빵 반 조각이었다는 거지! 그 정도는 날려봤자 금방 또 얻을 수 있는 거 아니니!

아들   빵을 새로 살 돈이 없는데두요?

아빠   빵 한 조각 살 만한 돈은 어디서라도 구할 수 있어. 최악의 경우, 돈을 구하지 못해 어디서 훔쳤다고 해도 처벌도 안 받는걸! 당장의 끼니 해결을 위해 도둑질을 했을 때는 죄가 안 되니까.

아들   그치만 아빠, 이건 단순히 빵에 관한 문제가 아니라구요! 찰리 아빠, 불우이웃돕기 성금도 오히려 가난한 사람들이 더 많이 낸다고 하던걸요.

아빠   그 말도 잘못됐어. 내가 보기엔 하루 벌어 하루를 사는 사람들은 돈을 전혀 관리할 줄 모르는 것 같아.

아들   관리라니요?

아빠   쉽게 말하면 그 사람들이 늘 가난에 허덕이는 진짜 이유는 돈이 없어서가 아니라 들어온 돈을 너무 쉽게 써버려서라는 거야.

아들   그치만 부자인 사람들은 훨씬 더 돈을 잘 쓰잖아요. 그리고 그렇게 써도 뭐 별 문제도 없을 테고!

아빠   아들아, 소위 '잘사는' 사람들은 말이야, 항상 착실히 돈을 모아왔기 때문에 부자가 된 거야. 그렇지 않고 보이는 대로 펑펑 썼다면 그렇게 부자가 되진 못했을 거라구.

아들   그치만 잘사는 사람이 중요하고 뜻깊은 일에 십만원 정도 기부
      한다고 해서 금방 가난해지는 것도 아니잖아요.

아빠   뭐? 겨우 십만원이라고? 너, 그 십만원 벌기가 얼마나 어려운
      지 알기나 해?

아들   한 달에 육백만원 정도를 번다면 십만원 쯤이야……

아빠   그 사람이 그렇게 할 수 있는지 없는지는 그 사람만이 아는 거
      야! 다른 사람들이 뭐라고 할 문제가 아니라구! 그래서 아빠가
      찰리 아빠는 모든 문제를 항상, 그러니까…… 피상적으로만
      보는 것 같다고 하는 거야. 한 달에 육백만원을 벌어도 그중에
      사백만원이 어디에 고정적으로 들어간다고 해봐. 그럼 그 사람
      도 나머지 돈으로 한 달을 살기가 힘들 거라구!

아들   고정적으로 들어가는 데가 어딘데요?

아빠   월세나 대출이자, 할부금 뭐 그런 거 있잖니.

아들   그래도 그건 다 그 사람 자신을 위해 쓰는 돈이잖아요.

아빠   그거야 그렇지.

아빠   그래서 찰리 아빠가 잘사는 사람들이 대부분 자기 자신한테만
      후하다고 하는 거예요. 다른 사람들에게는 인색하구요.

아빠   찰리 아빠가 좀 도와줬으면 하고 바라는 일에 돈을 안 쓴다고
      해서 그 사람이 인색하다고 할 순 없어!

아들   어쨌든 찰리 아빠가 얼마 전에 음악 연주도 하고 시도 낭송하는

그런 행사에 갔는데요, 행사가 끝나고 모금함을 돌렸대요. 그때 찰리 아빠가 유심히 봤는데요……

아빠   그래? 사람들 지갑에 돈이 얼마나 들어 있나 엿봤단 말이지! 참 취미도 고상하구나!

아들   그게 아니라 찰리 아빠가 직접 모금함을 돌렸거든요. 그래서 사람들이 돈 꺼내는 걸 본 거예요. 그런데 지갑이 두둑한 사람들이 오히려 다른 사람들보다 훨씬 작게 내더래요.

아빠   음악이 별로 마음에 안 들었나보지……

아들   그게 아니에요! 찰리 아빠가 그러는데, 가난한 사람들은 돈이 없는 게 어떤 건지 잘 알기 때문에 더 잘 도와주는 거래요. 그런데 잘사는 사람들은……

아빠   못사는 사람이 어떻고, 잘사는 사람은 어떻고 하는 건 모두 편견이야. 사람들은 그런 도식으로 나눌 수 있는 게 아니라구. 적어도 우리나라에선 그래. 그리고 지금 부자인 사람들도 처음엔 모두 가난했고, 그래서 가난한 게 어떤 건지 잘 알아!

아들   그런데 왜 그렇게 인색하죠?

아빠   그건 누구나 열심히 노력하면 가난에서 벗어날 수 있다는 걸 경험으로 알고 있기 때문일 거야!

아들   그러니까 아빠 가난한 사람들이 조금만 더 노력하면 모두 부자가 될 수 있다는 거예요?

아빠 대부분은 그래, 암 그렇고말고! 돈은 많이 벌고 싶어하면서도 노력하지 않는 게 문제지. 죽을힘을 다해서 열심히 일하고 또 아끼면서 산다면……

아들 그리고 인색하게요……

아빠 ……그런 식으로 얘기할 거면 아빠한테 굳이 물어볼 필요도 없잖니?

아들 알았어요. 그러니까 사람들이 모두 절약하기만 하면 부자가 된다는 거죠?

아빠 물론 그건 아니야. 그렇게 일반화할 순 없어. 물론 경우에 따라선, 그러니까 처한 상황에 따라, 돈을 벌 수 있는 기회가 아주 제한되어 있는 사람들도 있으니까……

아들 우리집에 가끔 일하러 오시는 레만 할머니 말예요. 아빠 그럼 그 할머니도 부자가 될 수 있을 것 같아요?

아빠 아마 어려울걸. 그분은 남편도 일찍 죽은데다가 할 줄 아는 일도 없잖니. 게다가 자식은 넷씩이나 되고.

아들 그런 걸 다 알고 있다니 정말 대단하네요!

아빠 우리집에 일하러 오시기 전에 미리 좀 알아봤지. 집에 혼자 있을 때도 많을 테니까. 그런데 혼자서 네 명이나 되는 자식들을 모두 훌륭하게 키워낸 걸 보면 크게 걱정할 건 없다는 생각이 들더구나.

아들   할머니가 우리집에서 뭘 훔칠지도 모른다고 생각한 거예요?

아빠   꼭 그래서가 아니라 그냥 어떤 사람인지 알아본 거야.

아들   그 할머닌 우리집에 올 때마다 선물을 갖고 오세요. 젤리곰이
       나 초콜릿 같은 거요. 나에게 주려구요!

아빠   아빠 그런 거 하나도 달갑지 않아.

아들   엄마도 할머니한테 그러지 말라고 했어요. 하지만 할머닌 그렇
       게 하는 게 좋대요.

아빠   (불만스러운 듯) 흠……

아들   찰리 아빠도 다른 사람들한테 많이 베풀면 인생이 항상 즐거울
       거랬어요! 찰리 아빤 돈 많은 사람들이 왜 돈을 하나도 안 쓰고
       그냥 모으기만 하는지 이해가 안 된대요! 다른 사람들을 위해
       서 쓰면 좋을 텐데.

아빠   그 문젠 찰리 아빠가 부자가 된 다음에 다시 얘기하자꾸나.

아들   참, 엄마가 뭘 알아냈는지 알아요? 레만 할머니가 준 그 오래된
       책 말예요, 동물 사진이 들어 있는. 그 책이 아주 귀한 거래요!

아빠   레만 부인이 너에게 주려고 일부러 사신 건 아니겠지?

아들   네. 옛날부터 갖고 있던 거였대요. 그치만 돈을 받고 팔 수도 있
       잖아요! 그 정도 책이면 할머니가 우리집에서 일하고 받는 돈
       의 이틀치는 충분히 받을 수 있대요.

아빠   그럼 그 책을 파시도록 돌려드렸어야지!

아들   그렇게 하려고 했죠. 그치만 레만 할머닌 꼭 나한테 주고 싶대
       요. 그 책을 선물하고 너무 기뻤다면서요.

아빠   그렇다면야, 뭐. 좋아, 아빠도 레만 부인이 인심이 후하다는 걸
       인정하마. 이제 됐냐?

아들   더 후하다고 해야죠.

아빠   그래, 이 세상의 모든 부자들보다 더 인심이 후한……

아들   아뇨, 아빠보다요.

아빠   너 어떻게 아빠한테 그런 말을 할 수가 있냐?

아들   아빤 엄마가 레만 할머니 생일에 스웨터를 사주겠다는 걸 반대
       했잖아요. 정말 예쁜 거였는데. 그 대신 비누나 방향제 같은 거
       나 사주라고.

아빠   그것도 제법 좋은 걸로 샀어! 왜, 혹시 레만 부인이 마음에 안
       든다고 하든?

아들   아뇨, 맘에 든대요. 그치만 스웨터보단 못했어요.

아빠   뭐? 그럼 나 모르게 기어코 그 스웨터를 샀단 말야?

아들   네, 내 돼지저금통이랑 엄마 용돈을 모아서요.

아빠   이럴 수가! 파출부 아줌마한테 그건 좀 과하단 생각 안 드니??

아들   가난한 사람들이 더 인심이 후한 법이라니까요. 아빠, 지금까
       지 내가 한 얘기 안 들은 거예요?

친절하기엔 너무 바빠

(아빠와 아들, 함께 차를 타고 간다)

아들 아빠, 찰리가 그러는데요, 걔네 아빠가 사람들 사이에 의사소
통이 없는 게 모두 자동차 때문이래요!

아빠 (아들의 말을 못 듣고 혼자 중얼거린다) 제길, 저 중절모 쓴 노
인 때문에…… 또 모험을 하는 수밖에 없겠군!

아들 저 할아버지가 모자를 써서요?

아빠 그래! 경험상……

아들 무슨 경험을 했는데요, 모자 때문에요?

아빠 모자 때문이 아니라 모자를 쓴 사람 때문에 말이야. 중절모를
쓴 저런 노신사들 차는 추월하기가 힘들어서 교통을 마비시키
는 원인이 되지. 옆에 오는 트럭이 무서워서도 그렇고, 또 겁이

나서 오십 킬로 이상은 못 달리거든! 너도 한번 봐라! 다른 사람이 추월할 수 있도록 옆으로 좀 비켜주기라도 하면 좋을 텐데! (클랙슨을 울린다) 자, 이제 한번 지나가볼까…… (작은 소리로) 바보 멍청이!

아들 정말 아슬아슬했어요, 아빠!!

아빠 항상 그렇다니까! 다른 사람들을 살살 약올려서 결국엔……

아들 ……목숨 걸게 만들죠!

아빠 (속력을 내며 요란하게 달린다) ……결국은 평소처럼 조심조심 달리는 걸 포기하게 만든다구!

아들 아빨 약올리려고 일부러 그런 건 아닐 거예요!

아빠 그치만 결과가 그렇잖아. 중요한 건 바로 그거야.

아들 그게 바로 찰리 아빠가 얘기한 거예요!

아빠 뭐라구?

아들 차 때문에 의사통이 불가능하다구요!

아빠 의사소통 아니냐?…… 어, 저건 또 뭐야?

아들 별거 아니에요. 도로가 좁아지는 거예요. 저기 앞에서부터 오른쪽 차선이 하나 없어지……

아빠 어차피 우리하곤 상관없구나.

아들 그치만 아빠, 오른쪽에 있던 사람이 들어가게 양보해줘야죠.

아빠 그건 나도 알아. 안 그래도 그러려고 한다구. 어? 아니 이럴 수가?! 저 사람, 아까 그 노인이잖아!

아들   정말이네요! 저 할아버지도 그렇게 천천히 달린 건 아니었나봐요, 그쵸?

아빠   뒤에서 누가 밀어댔겠지…… 어라, 우리 앞으로 끼어들려고 하네!

아들   그냥 들어오게 두세요, 아빠! 저 사람 차례인걸요!

아빠   (클랙슨을 울리며) 봤지? 결국 저 차를 한 번 더 추월하게 만들잖아…… (다시 한번 클랙슨을 울린다) 자, 이제 됐다.

아들   저 할아버지랑 같이 지하철에 타고 있었으면 지금처럼 화가 나진 않았을 거예요, 그쵸?

아빠   누가 알아? 지하철에서 신문 보는데 흘깃거리거나 괜히 쓸데없는 얘기나 붙여볼 요량으로 기웃거리기라도 하면……

아들   그게 왜 쓸데없어요?

아빠   쓸데없지, 그럼! 지하철에서 모르는 사람들끼리 무슨 할 얘기가 있겠니?

아들   길에서도 서로 얘기하는데 지하철이라고 못 할 건 없잖아요.

아빠   지하철에서 모르는 사람들끼리 할 얘긴 아무것도 없어. "잠시 실례하겠습니다." "제 발을 밟으셨어요." 뭐 그런 말 빼고는.

아들   난 어디에서든 서로 얘기할 수 있다고 생각해요. 자동차 타고 갈 때만 빼구요!

아빠 그게 바로 자가 운전의 가장 큰 장점이야. 피곤하게 쓸데없
는 대화에 휘말리지 않아도 되니까! 자, 이제 잠시만 입 다
물고 있어라. 교통이 복잡해서 딴 데 신경 못 쓰니까. 오늘
따라 사람들 운전하는 게 왜 이래? 초보 운전자만 모였나!

아들 맘대로 하세요……

(아들, 라디오를 켜자 록가수의 음악이 나온다)

아빠 그 괴성이나 질러대는 록채널 좀 꺼줄 수 없겠니?!

아들 치이! 도대체 할 수 있는 게 없잖아! 말도 하지 말아라, 음악도
틀지 말아라! 차라리 냉장고에 들어가 있는 게 낫겠네!

아빠 썰렁해라! 널 그 이상한 탐험대 모임에 데려다주는 것만으로도
고맙게 생각해. 아빠 아니었으면 한 시간씩이나 버스를 타고
고생했을걸.

아들 난 그래도 괜찮은데……

아빠 (아들 얘기를 안 듣고 있다가) 얘, 저 사람, 혹시 일부러 우리만
따라다니는 거 아니냐? 우리 뒤에 또 붙었잖아??

아들 아빠, 이젠 헛 게 보이나봐요! 아까 그 차는 포드가 아니었다구
요!

아빠 아, 맞다. 같은 녹색이라서 착각했구나.

아들 아빠, 뭐가 이상한 줄 아세요?

아빠 뭐가?

아들   아까 그 모자 쓴 할아버지가 베버 아저씨나 켈러만 아저씨네 파
티에 나타난다고 생각해보라구요! 그리고 만약 그분이 아주 유
명한 의사나 뭐 그런 거라면 아빠 그 할아버질 존경하는 눈으로
우러러봤을 거예요!

아빠   (퉁명스럽게) 그래도 운전이 형편없다는 사실은 변하지 않아.

아들   그치만 사실은 아주 존경할 만한 좋은 사람일 수도 있잖아요.
비록 차는 엉망으로 몰아두요.

아빠   그래, 그럴 수도 있겠지.

아들   그런데 운전자들은 그런 생각을 못 하는 것 같아요. 운전은 잘
못해도 알고 보면 굉장히 훌륭한 사람일 수도 있다는 생각이
요……

아빠   차를 타고 있을 때 다른 운전자를 판단할 수 있는 유일한 방법
은 그 사람의 운전 습관뿐이야. 그 사람이 세계 평화나 인종 문
제에 대해 어떤 생각을 하고 있는지는 차 창문을 통해서는 안
보인다구!

아들   (열정적으로) 운전자들끼리 통하는 특별한 기호를 만들면 좋
겠어요. 정지하고 있을 때라도 운전자들끼리 이야기를 나눌 수
있도록 말예요!

아빠   운전자들에게 필요한 기호는 지금 있는 걸로도 충분해!

아들   '바보 멍청이' 하면서 욕하는 거 말예요?

아빠 그거말고. 가령 양보할 테니 먼저 가라든가…… 저기 길이 또 좁아지는 거냐?

아들 저 표시는 아까부터 계속 있었어요. 이번에는 왼쪽 차선이 없어진대요.

아빠 도로를 이 따위로 만들어놓곤 기름을 아끼라고? 좀 달릴 만하면 브레이크를 밟아야 하니, 이거 원!

아들 기름을 가장 아끼는 길은 전철을 이용하는 거예요.

아빠 충고 고맙다. 하지만 아빤 신경 쓰여서 싫어! 네가 이해할 수 있을지 모르겠다만.

아들 아뇨, 이해 못 하겠어요. 전철에선 아무것도 안 하고 가만히 있기만 하면 되는데 왜 신경이 쓰여요? 전철 타고 외국인들이 많이 사는 동네 앞에 지나가본 적 있어요? 얼마나 재미있는데요! 그 사람들은 지하철을 타고 가는 내내 의사통…… 의사소통만 잘 되던걸요!

아빠 안 봐도 눈에 선하구나.

아들 정말 배울 점이 많아요! 그 사람들이 사는 모습, 그 사람들의 고민, 또……

아빠 고맙지만 난 됐다. 아빤 아빠 고민만으로도 충분히 머리가 복잡하니까.

아들 자기 혼자만의 열매로는 한 가지 즙밖에 못 만든다고 찰리 아빠가 그랬어요.

아빠　그럼 찰리 아빠한테 전해라. 난 내가 만든 즙이 다른 사람들 것보다 천 배 만 배 맛있다고!

아들　그 말은 너무 이기적이에요! 안 전할래요!

아빠　그럼 관두든지!

아들　아빠도 다른 사람들이랑 의사소통을 더 많이 하면……

아빠　의사소통 얘긴 그만 좀 해! 난 길거리에서 우연히 부딪친 사람들하고 시시덕거릴 정도로 한가한 사람이 아냐!…… 어어, 야! 무슨 저런 뻔뻔한 놈이 다 있어?! 두 놈이 연달아서 추월을 하다니!

아들　(끼여들며) 저 차는 그럴 수밖에 없었어요, 아빠! 두 대가 연결되어 있잖아요!! 끌려가고 있는 거라구요!
　　　(아빠, 있는 힘껏 브레이크를 밟아보지만 어쩔 수 없다. 쾅! 접촉 사고!)

아빠　에이, 재수 되게 없군!! 이럴 줄 알았다니까…… 넌 가만히 앉아 있어! 어디 보자…… 일단 어디 옆으로 좀 세워야 할 텐데…… 창문 좀 내려봐라…… (창 밖으로) 알았어요, 알았어!! 도망 안 갈 테니까 걱정하지 말아요. 지금 내린다구요!!

아들　아빠, 이젠 의사소통 많이 하셔야겠네요!

중독이 뭐예요?

아들 아빠, 찰리가 그러는데요, 걔네 아빠가요, 있잖아요…… (또박 또박 힘주어서) 어떻게 보면 사람들은 모두 뭔가에 중독되어 있다고 했대요!

아빠 (듣는 둥 마는 둥) 그럴지도 모르지. 인류가 모두 한 조상에서 나온 한 형제니 사람들이 모두 중독증 환자다, 뭐 그런 거냐? 말도 안 되는 소리! 찰리 아빠도 알 거다, 그게 얼마나 터무니없 는 소린지……

아들 지금 '마약 중독' 얘길 하시는 거예요?

아빠 그래, 그게 아니면 그럼 뭐겠냐. 어쨌든 일단은 그거야. 요즘 우 리 사회에서 제일 골치 아픈 문제가 바로 그거잖니.

아들 사람들은 마약 중독자들을 별로 동정하지 않는 것 같아요. 그런 사람들한테는 많은 돈을 쓸 필요가 없다고 생각하나봐요.

아빠 아니, 꼭 그렇다고는 할 수 없어. 하지만 그 사람들이 그렇게 된 건 어쨌든 본인의 잘못이야.

아들 그게 뭔지도 모르고 빠져드는 사람들도 있대요. 그러면 나쁜 장사꾼들이 와서 한 번 더 해보라고 부추기고…… 그러다가 다시는 빠져나올 수 없게 되는 거죠.

아빠 음, 물론 그럴 수도 있겠지. 하지만 요즘에는 학교에서도 마약에 대해서 충분히 교육하고 있고, 또 본인이 마음만 굳게 먹는다면 다시 끊을 수도 있잖아.

아들 말이야 쉽죠. 그치만 그건 술이나 담배를 끊는 것보다 훨씬 더 어렵대요.

아빠 그건 서로 비교가 안 돼! 약간의 술이나 담배는 지극히 정상적인 거야. 그건 대인 관계를 원만하게 해주기도 하고, 또 의사소통에 도움이 되기도 하는걸.

아들 그게 무슨 말이에요?

아빠 그러니까 내 말은, 술이나 담배가 사람들이 서로 마음을 열고 대화를 나누는 데 도움이 된다는 뜻이야.

아들 아빠는 술이나 담배 없이 다른 사람들이랑 솔직하게 얘기하는 게 어려워요?

아빠 내가 그렇다는 게 아니야!

아들 전 또 그런 줄 알았죠. 아빠가 하도 담배를 많이 피우시길래.

아빠 난 그렇게 많이 피우는 것도 아니야. 그리고 건강이 좀 이상하다 싶으면 그날로 당장 끊을 수도 있고.

아들 그렇지만 엄마는 아빠가 니코틴 중독이라는 걸 시인해야 한다고 그러시던걸요.

아빠 뭐라고?

아들 진짜예요, 그것도 안 하면서 아빠 폐도 버리고 우리집 커튼도 버리는 일에 그렇게 많은 돈을 쏟아붓게 할 수는 없다구요.

아빠 나 원 참! 내 폐랑 그까짓 커튼을 똑같이 취급하다니, 기가 막혀서!

아들 좀 다르게 얘기했던 것 같기도 해요.

아빠 그랬다면 안심이다만…… 그리고 마지막으로 부탁하는데, 절대 '중독'이라는 말이랑 아빠가 담배 피는 거랑 서로 연관시키지 말아라, 알았니? 그건 정말 말도 안 되는 비교야. 누가 들으면 웃겠다!

아들 알았어요. 그거말고도 중독에는 수천 가지가 있으니까요.

아빠 (짜증을 내며) 그래, 너도 젤리곰 중독증이잖니.

아들 아이 아빠, 그건 다르죠! 제가 젤리곰을 좋아하긴 하지만 며칠 안 먹는다고 금방 미쳐버리거나 하지는 않잖아요.

아빠 그렇다면 다행이고!

아들   그치만 진짜 중독 환자들은 다르대요!

아빠   그래, 그러니까 중독에서 벗어나려면 아빠가 아까 말한 것처럼 의지라는 게 필요한 거야. 스스로 나아지겠다는 의지 말이야, 알겠니?

아들   하지만 자신이 어떤 중독인지도 모르는 사람들도 있는걸요!

아빠   (재빨리 끼여들며) 별로 심각한 중독이 아니니까 그렇겠지!

아들   글쎄요, 중독도 중독 나름이죠. 찰리가 그러는데요, 걔네 아빠가 사람이 한번 자기 도취에 빠지면……

아빠   (말을 가로막으며) 그러니까 그게 결국 그 얘기였구나. 그래, 찰리 아빠의 그 중독 분석 한번 들어보자! 혹시 찰리 아빠가 몽유병 얘기도 하더냐?

아들   아뇨! 대신 지배욕에 대해서 말씀하셨어요.
      (아빠, 한숨을 내쉰다)

아들   찰리 아빠 말씀이 사람들이 그런 중독에 대해 조금만 더 관심을 가졌더라면 이 세상의 많은 불행을 막을 수 있었을 거래요. 그러면 중독 환자들을 제때에 발견해서 병원에 입원시키든지 했을 거라구요.

아빠   그것 참 재있는 얘기로구나. 모든 정치가들을 지배욕에 눈먼 사람들로 생각한다니, 정말 재있는걸!

아들   아빠도 며칠 전에 어떤 독재자를 보고 정신병원에 가둬야 한다고 그랬잖아요!

아빠　그래, 그렇지만 그 사람은 범죄자였지 중독자가 아니었어. 이제 중독 얘기는 끝난 거냐?

아들　아뇨, 중요한 건 이제부터예요! 진짜 심각하게 중독된 사람은 때로 자기가 무슨 일을 하는지도 모른대요. 살인 같은 것도 그래서 일어나는 경우가 많다고 하던걸요!

아빠　(지루해 죽겠다는 듯) 이건 고문이군, 고문……

아들　찰리 아빠 말로는, 사람들은 누구나 조금씩은 뭔가에 중독되어 있대요!

아빠　혹시 말도 안 되는 소리를 쉴새없이 지껄이는 사람의 목을 비틀어버리고 싶은 충동도 그런 중독에 포함된다든? 그렇다면 찰리 아빠 말에 전적으로 동감이다!

아들　아뇨, 찰리 아빠가 얘기한 자기도 모르는 중독이란 바로 질투심이에요!!

아빠　(뜻밖의 대답에 황당해하며) 아, 그거! 하지만 그건 우리가 보통 '중독됐다'고 말하는 거랑은 다르잖니. 질투심은 다른 사람에 대한 애정이 도가 지나쳐서 생기는 감정일 뿐이야. 다른 사람에 대한 소유욕이 너무 강해서 그런 거라구.

아들　어쨌든 질투심에 빠진 사람들은 원하는 걸 얻지 못하면 완전히 미친 사람이 되잖아요.

아빠   그건 그렇지 않아. 질투심 때문에 괴로워할 수는 있겠지. 하지만 문화인이라면 그런 일로 미친개처럼 날뛰진 않는단다! 스스로를 통제할 줄 알거든!

아들   그럼 아빠는 질투를 느껴도 참을 수 있어요?

아빠   그럼, 당연하지. 하지만 아마 나한텐 그런 일도 일어나지 않을 거야.

아들   왜요?

아빠   왜냐하면 말이지, 질투를 하려면 상대가 두 사람이어야 하니까. 이제 그만 하면 안 되겠니? 꼭 봐야 할 프로그램이 있거든.

아들   아 맞다, 아빠도 그렇구나. 찰리 아빠가요, 요즘 가장 큰 중독이 바로 그거라고 했대요.

아빠   뭐가 말이냐?

아들   텔레비전이요. 사람들을 데리고 실험을 했는데, 한 달 동안 텔레비전을 못 보게 했더니 나중엔 모두 제정신이 아니더래요!

아빠   그건 그 사람들이 어떤 실험인지도 모르고 응했던 게 너무 분해서 그랬을 거다! 자는 사람 침대를 빼앗아놓고 그 사람이 침대를 돌려달라고 난리를 쳐도 중독증이냐?

아들   하지만 실험의 결과가 정말 심각했대요. 울고불고 난리도 아니었대요. 꽥꽥 소리지르면서 서로 싸우기까지 했다는걸요.

아빠   아빤 그런 실험에 대해선 들어본 적도 없고, 또 더이상 얘기하고 싶지도 않구나. 거기 라이터나 좀 주겠니.

아들   여기요.

(잠시 침묵. 아빠, 담배에 불을 붙인다)

아빠   (불만스럽게 혼자 천천히 중얼거린다) 그러니까 찰리 아빠가 말하고 싶은 게 도대체 뭐냐? 그 황당한 이론의 결론이 뭐냐고! 듣자듣자 하니까 뭐가 어쩌고 어째? (갑자기 큰 소리로) 어디 좀 들어보자, 그래서 그게 어쨌다는 거냐?

아들   소리 좀 지르지 마세요. 찰리 아빠는 마약이나 술을 이길 수 있다고 너무 자신해서는 안 된다고 말씀하시려는 거였어요. 어떤 것에든지 중독되지 않도록 항상 조심해야 한다구요. 그게 뭐든 간에……

(아빠, 다시 침묵. 아들이 계속 말한다)

어떤 것에든 한번 중독되면 더이상 자유로울 수 없으니까, 왜냐면……

아빠   이제 그만 하자. 그 정도면 충분하니까. 근데 지금 몇시냐? 그럼 그렇지! 네 목적을 달성해서 기쁘겠구나!

아들   뭐가요?

아빠   내가 〈형사 콜롬보〉의 앞부분을 놓친 거 말이야.

별은 내 가슴에

아들 아빠, 찰리가 그러는데요, 걔네 아빠가 훈장을 꼭 한번 받아봤
으면 소원이 없겠다고 했대요.

아빠 허, 그래? 찰리 아빠한테 그런 면이 있는 줄은 몰랐구나. 누가
특별 대우를 받는 걸 보면 그렇게 흥분하더니, 웬일로……

아들 찰리 아빠가 훈장을 받고 싶어하는 건, 거절하기 위해서일 뿐
이에요!

아빠 뭐? 취미도 참 별나군! 그래, 훈장을 거절해서 얻는 게 도대체
뭐라더냐?

아들 뭐 특별한 건 없어요. 그저 그런 행동이 사람들한테 경각심을
불러일으키길 바란대요.

아빠 다른 사람들한테 경각심을 불러일으키기 전에 그 일이 초래하

게 될 결과에 대해 먼저 신중히 생각해봐야지. 찰리 아빠는 늘 그게 문제란 말야.

아들　그치만 가슴을 온통 훈장으로 도배를 하고 다니는 사람들을 보면 좀 유치하다는 생각 안 드세요? 완전히 뽐내고 다니는 거잖아요!

아빠　말조심해라, 응? 훈장으로 온몸을, 그래 네 말대로 '도배를 하고' 다니는 사람들이 할 일 없이 길거리를 돌아다니는 건 아니잖니! 그리고 그런 훈장은 돈 주고도 못 사는 거야. 그러니까……

아들　아니에요, 돈으로 살 수 있대요! 찰리가 그러는데 걔네 아빠가 어떤 훈장이든 살 수 있다고 했대요. 하나에 한 십만원쯤 한대요.

아빠　훈장을 수집하는 사람들을 위해서 이런저런 모조품들이 팔린다는 건 아빠도 알아. 하지만 그런 모조품을 달고 다니는 사람은 아마 없을 거다.

아들　아니요, 정말로 달고 다닌대요. 어차피 마구 나눠주니까 그게 진짠지 가짠지 아무도 모르거든요.

아빠　훈장은 마구 나눠주는 게 아니라 수여된다고 하는 거야!

아들　아뇨, 빌려주는 게 아니라 나눠주는 거예요! 돌려줄 필요가 없으니까요. 강제로 다시 빼앗아가지도 않구요.

아빠 (한숨을 내쉬며) '수여한다'는 말은 빌려준다는 뜻이 아니라 전달한다는 뜻이야.

아들 아…… 그렇군요.

아빠 물론 훈장을 돈으로 사는 사람들을 막을 방법은 없어. 하지만 보통은 국가에 이익이 되는 일을 한 사람이 훈장을 받는 거란다.

아들 사람들 대부분이 국가에 이익이 되는 일을 하잖아요, 아빠도 그렇고. 아니에요?

아빠 그거야 그렇지.

아들 그것 보세요. 그럼 아빠도 훈장을 받을 수 있어요?

아빠 아니, 그럴 가능성은 없어. 아빠가 일하는 분야에서는 특별히 공로를 세울 기회가 없었으니까.

아들 그건 아빠 잘못이 아니잖아요! 그래도 아빠는 맡은 일에 최선을 다하는데!

아빠 (웃으면서) 아빠가 하는 일을 그렇게 인정해주다니 참 고맙구나!

아들 어쨌든 찰리가 그러는데요, 걔네 아빠는 가슴에 훈장을 다는 거나 코에 코걸이를 하는 거나 별로 차이가 없다고 했대요. 다 거기서 거기라구요!

아빠 늘 그렇지만 찰리 아빠가 과장이 좀 심한 것 같구나! 하긴 안 그

런 적이 있냐만은…… 그분은 도대체 왜 우리나라를 위해 훌
륭한 일을 한 사람들을 모욕하려는 거냐?!

아들　그 사람들을 모욕하려는 게 아니에요. 찰리 아빠는 훈장을 나
눠주는 대신 차라리 그 사람의 전기를 쓰거나 하는 게 사람들에
게 더 본이 될 거라고 한 것뿐이에요. 아니면 상금을 주든지.

아빠　그거 참 찰리 아빠다운 생각이구나! 돈밖에 모르는 사람이니
까! 하지만 세상에는 돈보다도 다른 사람들에게 인정을 받고
존경받는 것을 더 좋아하는 사람들도 많단다!

아들　그렇다고 그렇게 훈장을 달고 다니면서 뽐낼 필요는 없잖아요!
세상에! 아빠는 텔레비전도 못 보셨어요? 온몸에 훈장을 덕지
덕지 붙이고 나타나는 거요?

아빠　이런, 버르장머리 없이! 당장 그만두지 못하겠니! 한 나라의 원
수가 다른 나라의 원수를 맞이할 때는 원래 최대한 화려하고 성
대하게 연출하는 거야. 그건 국제 의정서에도 나와 있는 내용
이라구.

아들　의, 뭐라구요?

아빠　의, 정, 서! 국가가 치르는 큰 행사에서 지켜야 할 규칙들이 적
혀 있는 문서 말이다. 의정서의 규칙들을 따르는 건 국가 원수
의 의무란 말이야.

아들　그치만 규칙들은 바뀔 수도 있잖아요? 우리 학교에서는 툭하

면 바뀌는걸요.

아빠　그야 그렇지. 하지만 그럴 경우에는 각국 책임자들의 합의가 있어야 하는 거야.

아들　아마 그 사람들도 누구에게 또 훈장을 줘야 할지 고민할 필요가 없어져서 더 좋아할걸요. 그러면 훈장을 받는 사람도 속상할 일이 없구요!

아빠　속상할 일이라니! 훈장을 받고 기뻐서 엉엉 운다면 또 모를까. 훈장은 어린애들 생일잔치 때 주고받는 선물이랑은 다른 거라구!

아들　그럴까요?…… 어쨌든 훈장을 받은 사람은 또다른 사람한테 훈장을 주잖아요. 그렇게 자기들끼리 주고받다보니까 훈장이 점점 더 늘어나는 거죠.

아빠　자기 존재를, 그리고 자기가 가진 것을 다른 사람들에게 알리고 싶어하는 것은 인간의 본성이야.

아들　정치가들이 보통 사람들보다는 좀더 똑똑한 거 아닌가요?

아빠　물론 정치가들이 더 똑똑하지. 다 그런 건 아니지만 말이다. 하지만 그 사람들도 결국은 어쩔 수 없는 인간이란다. 번쩍거리고 화려한 걸 좋아하는 인간의 본성은 어쩔 수 없나보지.

아들　그래요? 아빠는 목걸이에 반지, 팔찌까지 하고 다니는 여자를 보면 늘 빈정대잖아요. 집에 두면 누가 훔쳐가기라도 할까봐

저렇게 주렁주렁 달고 다니는 거야? 하고 말이에요.

아빠 　그거하고 이건 완전히 다른 문제야! 훈장은 특별한 업적에 대한 포상이니까. 보통 사람들은 죽을 때까지 한 개도 받기 어려운 거라구.

아들 　찰리가 그러는데, 걔네 아빠가 훈장을 받는 사람들은 대부분 공무원들이라고 했대요.

아빠 　그 사람들이 워낙 국가에 기여하는 바가 크니까.

아들 　남자 공무원들만요?

아빠 　그건 또 무슨 소리냐?

아들 　찰리 아빠가요, 여자들은 남자들에 비해서 훈장을 많이 못 받는다고 했대요.

아빠 　그건 아마 여자들이 하는 일이 상대적으로 눈에 잘 안 띄어서 그럴 거야.

아들 　남자와 똑같은 일을 해도, 그러니까, 똑같이 특별한 일을 해도 훈장은 남자만 받는다고 하던걸요.

아빠 　그래서 하고 싶은 말이 대체 뭐냐? 처음에는 훈장을 아예 없애야 한다고 하더니, 이제는 여자가 남자보다 훈장을 적게 받는다고 불평하니! 그래서 넌 어떻게 했으면 좋겠다는 거냐? 아니, 찰리 아빠는 어떻게 해야 한다고 하든? 응?

아들 　찰리 아빠는 훈장 같은 건 처음부터 없었어야 한다고 생각해요. 음, 그리고 또 이런 말도 했어요. 때에 따라선 국가에 대해 지나치게 비판적인 사람들한테도 부랴부랴 훈장을 준대요. 그 사람들 입을 막으려고 말이에요!

아빠   그럼 찰리 아빠부터 하나 받아야겠구나!

아들   어차피 거부하실 거예요!

아빠   (괜히 화를 내며) 그래, 그 얘긴 이미 들었다! 하지만 그런 일은 아예 일어나지도 않을 테니 안심해라!

아들   아마두요. 근데 얼마 전에 회사에서 보너스를 받았대요. 좋은 아이디어를 냈다나봐요.

아빠   그래, 그것도 나쁘지 않지.

아들   아빠!

아빠   또 뭐냐?

아들   아빠가 선택할 수 있다면 뭘 고를 거예요? 훈장하고 포상금 중에서 말이에요.

아빠   (뚱한 목소리로) 모르겠다.

아들   한번 말해보세요! 그냥요.

아빠   글쎄다. 만약 돈이 급하게 필요한 상황이라면…… 그렇다면, 그러니까……

아들   그것 보세요, 아빠! 찰리 아빠 말씀이 딱 맞아요. 고민하게 만든다니까요!

우리 편 다른 편

아들   아빠, 찰리가 그러는데요, 걔네 아빤 한 번도 축구 경기에서 이긴 적이 없대요.

아빠   한 번도? 저런, 안됐구나. 그건 그렇고 찰리 아빠가 축구를 한다는 얘긴 처음 듣는걸.

아들   직접 하는 건 아니에요.

아빠   직접 하는 게 아니라구? 나 참! 축구를 안 한다면 못 이기는 게 당연한 거 아니냐!

아들   그러니까 한 번도 못 이겼다고 했잖아요.

아빠   그런 말은 굳이 할 필요도 없는 거야, 너무나 당연한 거니까! 그럼 다음엔 장대높이뛰기에서 한 번도 일등을 못 해봤다고 하겠구나.

아들 어쨌든 이겼다고 하는 것보단 낫죠.

아빠 그래, 어디 그 말도 안 되는 소리, 계속 해보렴! (혼잣말로) 도무지 무슨 소린지, 원……

아들 그 말도 안 되는 짓을 모든 사람들이 다 한다구요!

아빠 뭐?

아들 텔레비전 앞에 앉아서 축구 경기 보는 사람들이요. 그 사람들 모두 경기가 끝나고 나면 그러잖아요. "우리가 이겼어!" 아주 자랑스럽게요.

아빠 그래, 우리 편이 정말 이겼을 경우엔 그렇지. 그 말을 덧붙여야지. 그런데 우리가 이겼을 때……

아들 ……아빠도 '우리' 라고 하네요!

아빠 그게 뭐 잘못됐니? 아빠가 '우리' 라고 하는 건 우리나라 선수들이기 때문에 그런 거야.

아들 무슨 뜻인진 알지만 그냥 "독일 선수들이 이겼어" 뭐 그렇게 말해도 되잖아요.

아빠 그럴 수도 있겠지만, 실제로 그렇게 말하는 사람은 없어. '우리' 라는 말이 더 짧기도 하지만 또 일체감을 느끼게 해주거든.

아들 그게 '우리' 라는 공동체 의식이죠?

아빠 그래, 우리 모두를 한 민족으로 묶어주는 소속감 같은 거지. 찰리 아빠도 그건 누구보다 잘 이해할걸?

아들 왜요?

아빠 노동조합의 임원이잖니. 노동조합 사람들만큼 소속감으로 똘
똘 뭉친 사람들은 아마 없을 거다!

아들 그럼 그 사람들도 자기가 노동조합에 속해 있다는 걸 자랑스럽
게 생각하나요?

아빠 자기들이 내세운 요구가 관철됐을 때 분명 그럴걸, 암!

아들 그치만 그 사람들은 항상 단결하죠?

아빠 아마 그럴 거야.

아들 그치만 축구 시합은 다르잖아요. 관중들은 독일 선수들이 골
넣는데 아무것도 한 일이 없어요!

아빠 그래, 직접적으로 한 일은 없지. 하지만 열심히 응원을 하잖니.

아들 응원한다고 골이 들어가진 않아요.

아빠 그래, 너 잘났다!

아들 그런데 왜 사람들이 '우리가 이겼다'고 말하느냐구요. 아무것
도 한 것도 없으면서.

아빠 그건 왜냐하면, 너 정말 사람 기운 빼는 데 선수구나, 선수! 그
러니까…… 우리 모두 독일 국민으로서 간접적으로라도 독일
선수들의 승리에 한몫 했다고 볼 수 있기 때문이야. 국가대표
선수단이 구성될 때까지는 상상할 수 없을 만큼의 비용이 들
고, 또 관람객들이 내는 입장료에서도 돈이 나오는 건데, 만약

아무도 축구에 관심이 없어서 축구장에 안 간다면 그 돈을 다 어디서 구하겠니.

아들　그러니까 아빠 말은 사람들이 조금씩 다 일조를 했다는 거군요.

아빠　맞았어, 바로 그거야.

아들　찰리 아빠 생각도 그거예요.

아빠　그분은 나랑 생각이 다를 거다! 들어보나마나!

아들　정말이에요, 아빠랑 생각이 같아요.

아빠　(억누르고 있던 화가 폭발하며) 지금까지는 찰리 아빠가 '우리'라고 얘기하는 걸 못마땅해한다고 했잖아!

아들　네! 왜냐하면 사람들은 뭔가 자랑할 일이 있을 때만 '우리'라고 하니까요. "역시, 우리가 누군데!" "우린 역시 최고야!" 뭐 그러면서 말이에요.

아빠　그건 억지야. '우리'라는 말은 졌을 때도 똑같이 쓰는걸.

아들　그치만 찰리 아빤 그런 말 하는 건 한 번도 못 들어봤대요. "오늘은 우리가 완전히 망했어!" 아무도 그렇게 말하지는 않는대요.

아빠　(화난 소리로) 그런 말을 듣고 싶어하는 사람은 아무도 없어!

아들　'망했다'는 말 때문에요?

아빠　넌 어린애가 어떻게 그런 말을 아무렇지도 않게 하는 거니, 응?

아들 그냥 다른 사람들이 하는 말을 따라한 것뿐이에요! (아빠, 크게
한숨을 내쉰다) 어쨌든 찰리 아빠가 그러는데 사람들이 좋은
일일 땐 '우리'라고 하면서 나쁜 일일 땐 절대로 '우리'라고 안
한대요!

아빠 그래서 결국 하고 싶은 말이 뭐라더냐? 혹시 관중들이 축구 선
수들이 아니라 병 던지고 난동 부리는 훌리건하고 일체감을 느
껴야 한다고 하더냐? 내 입에서 "결승 게임 때 우리가 축구장
을 박살내버렸지" 하는 말이 나오길 바라는 거냐구?

아들 설마 그런 말도 안 되는……

아빠 거봐!

아들 찰리 아빤 단지 사람들이 "히틀러 시절엔 우리가 정말 나쁜 일
을 많이 저질렀어"라고도 말할 수 있길 바라는 거예요.

아빠 이건 또 무슨 뚱딴지 같은…… 그런 일은 그냥 "끔찍한 일들이
많이 일어났었다"고만 해도 충분해, 그때……

아들 '일어났다'는 건 꼭 실수로 생긴 일처럼 들리잖아요. 며칠 전에
아빠가 코코아 끓이다가 물이 끓어 넘치니까 엄마를 부르면서
그랬던 것처럼요. "여보, 빨리 좀 와봐, 일났어!"

아빠 그때도 마찬가지야! 이런저런 일들이 일어난 거라구. 어떤 사
람 옷에 얼룩이 묻거나 기차가 탈선하는 일이 일어날 수도 있는
것처럼 말야!

아들   그치만 그건 둘 다 일부러 그런 게 아니잖아요.

아빠   대개는 그렇지!

아들   그치만 히틀러 땐 전부 의도적으로 한 거잖아요. 온갖 나쁜 짓
       들을……

아빠   하지만 독일인들이 전부 그런 것도 아니잖아.

아들   그럼 골을 넣은 건 독일 사람들 전부인가요?

아빠   비교할 수 없는 그런 일들을 가지고 그렇게 자꾸 억지 쓰지 마.

아들   그치만 찰리 아빠 사람들이 마음대로 고를 순 없는 거라고 하던
       데요.

아빠   고르다니 뭘?

아들   독일 사람이 되고 싶을 때랑 아닐 때를요.

아빠   독일 사람으로 태어났으면 영원히 독일 사람인 거야. 그건 틀
       림없어. 하지만 그런 사실이 자랑스러울 때도 있고 또…… 어
       쨌든 자랑스러울 때가 있는 것뿐이야.

아들   찰리 아빠가 그러는데 독일 사람들은 계란의 노른자만 골라먹
       는대요!

아빠   그게 무슨 말이냐!

아들   정말이라니까요. 아빠도 그러잖아요.

아빠   내가 좋은 것만 골라낸다고?

아들   네. 아빠도 항상 좋은 일에만 '우리'라고 하잖아요.

아빠 내가 언제 '우리' 라고 한다는 거냐?

아들 어제 같은 때도 그래요. 어제 아빠가 엄마한테 그랬잖아요. "역시 우리만큼 합리적인 법을 가진 국민도 없을 거야."

아빠 그건 사실이니까!

아들 그럴 수도 있죠. 그렇다면 히틀러 때도 똑같이 "우리가……"

아빠 (화가 머리끝까지 치민 아빠, 아들의 말을 가로막으며) ……나한테 이래라저래라 하지 마! 네가 뭐라고 하든 난 내가 하고 싶은 대로 말할 테니까! '우리' 라고 하고 싶을 땐 '우리' 라고 할 거고 하기 싫을 땐 안 할 거야. 그건 내 맘이라구! 내가 개인적으로 결정할 문제란 말이야!

아들 개인……적이라구요?

아빠 그래! 나 혼자서! 개별적으로 말야!

아들 개별적으루요?

아빠 그래!!!

아들 그치만 아빠, 다른 사람들도 지금 아빠처럼 생각하다가……

정신적인 거리

(아빠와 아들, 난장판인 집 안을 청소하느라 열심이다. 일 주일 간 집을 비웠던 엄마가 돌아오는 날이다. 아들, 청소기를 돌린다)

아들 (큰 소리로) 아빠! 찰리가 그러는데요, 걔네 아빠가 정말 부끄러운 일이라고 했대요, 사람들이 항상……

아빠 얘기를 하려거든 우선 그 청소기부터 꺼라. 무슨 말인지 하나도 못 알아듣겠구나.

아들 아빠가 청소하라고 했잖아요.

아빠 그래, 그랬지. 그럼 입 다물고 청소나 하든지!

아들 그럼 청소기를 끌래요. (청소기를 끈다) 어차피 소용도 없을 거예요.

아빠 그게 무슨 소리냐? 소용이 없을 거라니?

아들 어제 손님들이 진흙 발로 카펫 위를 비비적거리면서 돌아다녔
잖아요.

아빠 내 손님들은 '비비적거리면서' 다닌 게 아니라 그냥 조용히 집
안으로 들어왔어. 그리고 비구름이 그렇게 갑자기 몰려오는데
우리가 어쩔 수 있었겠니!

아들 누가 뭐랬나요. 어쨌든 이걸로는 어림도 없어요. 거품 청소기
를 달아야 한다구요.

아빠 그러지 말고 조금만 더 해봐라. 그러면 기계를 새로 조립하는 수
고는 안 해도 되잖니. 그건 시간이 너무 오래 걸려.

아들 엄마 말이 바로 그거예요. 엄마는, 이 기계는 부품들이 쓸데없
이 너무 많다고 했어요. 어차피 쓰지도 않을 거라구요. 그랬는
데 아빠가 그래서 여자는 안 된다면서 비꼬는 바람에……

아빠 내가 뭐랬다구?

아들 여자들 말이에요. 기계에 대해서 아무것도 모르면서 말만 많다
고 그랬잖아요.

아빠 (얼버무리면서) 이제 똑똑한 척은 그만 하고, 좀 서두르자꾸
나! 설거지도 해야 하잖니.

아들 설거지는 아빠 담당이에요. 전 청소하고 있잖아요!

(아들, 다시 청소기를 켠다)

아들 (큰 소리로) 찰리 아빠가 그러는데요, 사람들이 잘 알지도 못하면서 이러쿵저러쿵하는 건 정말 창피한 일이래요.

아빠 찰리 아빠가 그런 말을 했다구? 그거야말로 놀라운 자기 성찰의 결과로구나!

아들 뭐라구요?

아빠 나 원, 나랑 얘기를 하려거든 그것부터 먼저 *끄*라고 하지 않았니!

아들 (진지하게) 그럼 이거 오늘 안에 다 못 해요.

아빠 식탁보는 어떠냐?

아들 더럽죠, 뭐. 저것도 다 어젯저녁에 그런 거예요. 그치만 얼른 빨면 괜찮을 거예요. 참, 행주도 빨아야 해요. 썩은 냄새가 나는 것 같아요. 아빠가 그걸로 맥주 쏟은 걸 닦았잖아요.

아빠 고맙구나, 알려줘서…… 나도 내가 무슨 일을 했는지 정도는 다 알고 있다. 그럼 빨리 세탁기를 돌리자꾸나.

아들 그치만 세탁기가 아직 반도 다 안 찬걸요.

아빠 그러면 뭐 더 빨 거 없나 찾아보렴.

아들 아뇨, 이것들이랑 같이 빨 수 있는 건 이제 없어요.

아빠 그럼 그냥 돌리자.

아들 손으로 빨면 되잖아요. 전기를 아껴야죠.

아빠 　그래, 하지만 오늘은 무엇보다 시간을 아끼는 게 제일 중요해.
　　　 자, 어서!

아들 　맘대로 하세요.
　　　 (세탁기의 전원을 켠다)

아빠 　지금 몇시나 됐니?

아들 　열한시요.

아빠 　벌써? 열두시면 엄마가 도착할 텐데……

아들 　그러길래 일찍 시작하자고 했잖아요. 일곱시부터 아빠를 깨웠
　　　 다구요!

아빠 　그래, 나도 알아. 인정머리 없는 녀석! 막 잠들려던 참이었는
　　　 데.

아들 　청소하고 치우는 건 그렇게 금방 되는 게 아니라구요. 근데 아
　　　 빠가 일단 시작만 하면 삼십 분 안에 해치울 수 있다고 큰소리
　　　 치는 바람에……

아빠 　그래, 미안하다. 내가 틀렸어. 그러니까 그만 하자.

아들 　집안 일이 어떤 건지 모르시니까 그렇죠.
　　　 (아들, 다시 청소기를 켠다)

아빠 　너는 잘 안다 이거냐? 그거 다 끝나가니? 그렇게 꼼꼼하게 할
　　　 필요는 없어!

아들 　평소에는 조그만 부스러기 하나만 떨어져도 난리를 치면서! 어

쨌든 금방 끝낼게요. 우리 케이크도 만들어야죠? 엄만 아빠가 출장 다녀올 때면 항상 그렇게 하잖아요.

아빠　일단 청소기부터 치우자. 조심해라, 거기 전기선!

（의자가 넘어진다）

아들　줄이 어떻게 두 번씩이나 책상다리에 감겼죠?

아빠　이제 설거지하는 것 좀 도와주겠니? 보기만 해도 정말 끔찍하구나.

아들　음식다운 음식 한번 못 해봤는데 이 정도니…… 하루 종일 전날 해놓은 음식만 다시 데워 먹었잖아요. 케이크 반죽이라도 먼저 만들어놓을까요? 계란이랑 우유만 넣으면 되는데.

아빠　그건 그만두자, 주방이 이렇게 더러운데! 돼지우리가 따로 없구나. 여기다가 계란이랑 우유까지 벌여놓겠다구! 거기 수세미나 이리 좀 다오.

아들　제가 헹굴까요? 아빠는 닦기만 하구요.

아빠　됐다, 벌써 시작한걸. 앗 뜨거! 에이, 빌어먹을! 여기는 늘 이렇게 펄펄 끓는 물이 나오냐? 하마터면 손 델 뻔했잖아.

아들　찬물도 같이 틀면 괜찮아요. 아빠가 온수 쪽으로만 틀어서 그래요. 잠깐만요……

아빠　이게 세제냐?

아들　네, 여기……

아빠   접시 떨어질라, 조심해라.

아들   이렇게 모퉁이에다 두시면 어떡해요. 자, 여기요! 그리고 이건
         저쪽에, 그러면 물도 더 잘 빠져요.
         (아빠, 계속 투덜거린다. 아들은 〈접시를 깨자〉를 흥얼거린다)

아빠   그 바보 같은 노래 좀 그만둘 수 없겠니? 이거 원 정신 사나워
         서……

아들   아빠 항상 그깟 집안 일이야 식은 죽 먹기라고 했었죠?

아빠   그래…… 어, 조심, 커피잔……! (커피잔이 떨어진다) 벌써
         늦었구나!

아들   거꾸로 세워두니까 그렇죠! 뭐 상관없어요. 어차피 옛날 거라
         유행도 다 지난데다, 세 개밖에 안 남았던 거예요.

아빠   세 개밖에 안 남았다고? 다른 건 벌써 다 깨졌다는 거냐? 부엌
         에서 엄마랑 접시 던지기라도 하는 거니?

아들   아뇨, 수천 번쯤 손길이 닿았을 뿐이에요. 엄마가 그랬잖아요.
         접시에 손도 안 대는 사람은 깰 일도 없다고. 그러고 보니 찰리
         아빠 말씀이 정말 맞는 것 같아요!

아빠   무슨 말?

아들   사람들이 잘못된 결정을 내리거나 서로 옳다고 싸우는 건, 직
         접 일을 해본 적도 없으면서 다 아는 척하기 때문이라구요.

아빠   (벌컥 화를 내며) 사람들이 모두 직접 해본 일에 대해서만 얘기

해야 한다면 세상은 온통 침묵뿐일 게다! 기자들도 당장 옷을
벗어야 할걸!

아들 정치가들두요……

아빠 정치가들은 특히 책임이 무겁지. 그래서 검증이 안 된 말은 함
부로 하지 않지.

아들 그래도 모르는 건 모르는 거죠. 찰리가 그러는데, 걔네 아빠가
그랬대요. 정치가들이 한 번이라도 공장이나 양로원에서 일을
해봤다면, 그리고 변두리 건물 지하나 감옥에서 살아본 적이
있다면……

아빠 아직도 남았니? 그러면 그 뭐냐, 그 장례식에 대해서 토의하려
면 직접 죽어보기라도 해야 한다는 거냐, 응?

아들 그러니까, 찰리 아빠 말은, 어떤 일에 대해서 얘기하려면 그 일
에 대해 잘 알아야 한다는 거예요. 그러면 세상이 지금처럼 이
렇진 않을 거래요!

아빠 물론 그렇겠지. 그랬다면 세상은 분명 엉망진창이 됐을 테니
까! 사람들이 모두 여기저기를 들쑤시고 다닐 테고, 도무지 세
상이 어떻게 돌아가는지 알 수 없을 정도로 어지러웠을 거야.
세상에는 이론을 만드는 사람도 필요한 법이야! 그리고 책임감
을 가지고 일하기 위해서는 어느 정도 거리를 두어야 하고.

(휘슬이 달린 물주전자가 요란하게 소리를 낸다)

아빠   저건 또 뭐냐?

아들   커피물 끓는 소리예요.

아빠   (짜증난 목소리로) 커피가 어디 있는 줄은 아니?

아들   그럼요, 하지만 먼저 갈아야 돼요.

아빠   간단한 게 하나도 없구나.

아들   아빠가 항상 그랬잖아요! 원두는 물 붓기 직전에 갈아야 향이 살아 있다구요.

아빠   그럼 분쇄기는 어디 있냐?

아들   찬장 안쪽에요. 그전에 먼저 물통이랑 세탁 바구니를 치워야겠어요. 어 어, 이런, 아빠! 여기 물이 잔뜩 고여 있어요! 아빠가 세탁기 호스를 안쪽에 두어서 그래요! 호스를 먼저 밖으로 빼야겠어요.

아빠   왜 그걸 이제서야 말하는 거냐! 이리 줘봐! 조심 조심! 날 홀라당 젖게 만들 셈이냐? 자, 이제 빨리 닦아내자. 이러다간 물이 모두 냉장고 밑으로 스며들겠구나! 저 주전자 좀 어떻게 할 수 없니? 차라리 그냥 인스턴트 커피로 마시자.
(아들, 레인지에서 주전자를 내리고 바닥을 닦는다)

아들   온통 미끌미끌, 비눗물투성이예요!

아빠   그래도 부엌 바닥은 깨끗해졌구나. 그 축축한 걸레 좀 내 발 밑에서 치워줄 수 없겠니? 딸기잼은 냉장고에 넣고. 이거 원, 칼은 원래 어디 있던 거지?

아들   역시!…… 아빠, 그거 알아요?

아빠   뭐??

아들   오늘 일어난 일들을 가만히 생각해보니까……

아빠   너무 오래 생각하지 말고 좀 서둘러라. 이러다간 내일 아침까

지도 다 못 끝내겠다!

아들   어쨌든 아빠도 느끼는 게 있죠?

아빠   내가 뭘 느껴야 하는 거냐?!

아들   그 결과 말이에요…… 정신적인 거리의 결과!

자발적으로 하기!

아들   아빠, 찰리가 그러는데요, 걔네 누나가 사람들 모두 생각을 완전히 바꿔야 한다고 했대요!

아빠   그렇다면 자기부터 먼저 시작하라고 하려무나. 이제라도 쓸모 있는 사람이 될지 모르니까……

아들   찰리 누나는 지금도 쓸모 있는 사람이니까 걱정 안 하셔도 될 거예요!

아빠   솔직히 말하자면, 그애가 어떤 사람이든 아빤 관심 없다.

아들   찰리 누나는 옛날에 시작했어요, 생각을 바꾸는 거 말예요!

아빠   그래? 잘됐구나……

아들   진심이에요?

아빠   모든 걸 다 알아야 할 필요는 없어, 안 그러냐?

아들　찰리 누나가 그러는데요, 그렇게만 하면 머지 않아서, 내 말 좀 들어보세요, 집에 찾아온 손님이 안주인한테 이렇게 말하게 될 거래요. "너무 하얀 와이셔츠를 입고 있어서 죄송합니다……"

아빠　(아들의 말을 고쳐주며) "하얗지 못한 셔츠"겠지.

아들　아니에요! 바로 그래서 문제라는 거예요. 다시 한번 들어보세요. 집에 찾아온 손님이 안주인한테 "너무 하얀 와이셔츠를 입고 있어서 죄송합니다" 하고 말하면 안주인은 또 이렇게 대답하는 거예요. "괜찮아요. 우리집도 너무 따뜻한걸요!"

아빠　아하! 근데 그게 뭐가 우습다는 거냐? 아빠 이해가 안 되는걸.

아들　우습다는 게 아니라 미래에는 정말 이렇게 될 거라는 거예요.

아빠　그래? 그럼 찰리 누나가 생각하는 그 미래라는 것에 대해 한번 얘기해보렴. 정말 독특한 생각인 것 같구나!

아들　간단해요. 어떤 사람이 너무 하얀 와이셔츠를 입고 있으면…… 그러니까 텔레비전에 나오는 사람들처럼 그렇게 하얀 거요, 아빠도 알죠?

아빠　친절하게 설명해줘서 고맙다만, 하얀 와이셔츠가 어떤 건지는 나도 잘 알아.

아들　어쨌든, 그런 셔츠가 환경을 망치는 데 일조했다는 건 누구나 다 알 수 있잖아요.

아빠　뭐라구? 하얀 셔츠가 환경을 망친다구?

아들 네, 아빠. 뻔하잖아요. 옷이 흴수록 그만큼 표백제를 많이 사용
했다는 거 아니겠냐구요. 그런데 바로 그런 표백제가 물을 오
염시키잖아요!

아빠 (버럭 화를 내며) 여자들이 남편 와이셔츠를 빨면서 사용하는
표백제 정도만이라면 수질오염은 걱정할 필요도 없을 거야! 진
짜 물을 오염시키는 건 다른 것들이거든.

아들 어떤 거요?

아빠 너도 잘 알면서 뭘 그러냐? 공장 폐수만 해도 그렇잖니.

아들 공장에는 꼭 필터를 설치해야 하는 거 아닌가요?

아빠 그렇지. 적어도 이론상으로는 말이다. 하지만 모든 사람들이
원칙을 따르는 건 아니란다.

아들 자기하고는 직접적인 상관이 없다고 생각하기 때문인가요?

아빠 그래, 바로 그거야.

아들 그래서 모든 사람들이 솔선수범해야 한다는 거예요. 아빠도 늘
그렇게 얘기했잖아요.

아빠 다 그럴 만해서 그런 거다. 그렇다고 네 엄마가 아빠 와이셔츠
를 옛날처럼 빨랫비누로 빤다는 건 아무 의미도 없어!

아들 그치만 모든 사람들이 그렇게 하면요?

아빠 아마 대부분은 그렇게 하지 않을 거다. 두고 보렴!

아들 찰리가 그러는데요, 걔네 누나가 그런 일은 하루아침에 이루어

지는 게 아니라고 했대요. 우선 현명한 사람들 몇 명이라도 먼저 시작을 하면……

아빠 (말을 가로막으며) 순진한 사람들이겠지. 그런 사람들은 걸치고 있는 누런 셔츠만 봐도 금방 표가 나겠구나!

아들 짙은 색 셔츠를 입으면 되죠. 두꺼운 스웨터도 껴입구요!

아빠 두꺼운 스웨터는 왜?

아들 난방을 많이 안 해도 되잖아요. 찰리 누나가 그러는데요, 머지않아 남의 집에 갈 때 두꺼운 스웨터를 입고 가는 게 '유행'할 거래요.

아빠 아하, 그 말이었구나! 이제야 네 말뜻을 알 것 같다! 손님이 "죄송합니다, 하얀 와이셔츠를 입고 있어서"라고 하는 이유를……

아들 (아빠의 말을 고쳐주며) "너무 하얀" 와이셔츠요. 눈이 부실 정도로 하얀 거 말예요.

아빠 그래, 맞다. "눈부시게 하얀 와이셔츠를 입고 있어서 죄송합니다!"

아들 그러면 안주인이 말하는 거예요. "괜찮아요, 우리집도 너무 따뜻한걸요!" 재밌죠? 집에 난방을 너무 많이 했단 얘기잖아요. 둘 다 환경 문제는 생각도 안 했다는 거죠!

아빠 (농담 섞인 말투로) 난 아주 하얀 와이셔츠를 입고 내 집에 온 손님들을 위해 집을 뜨끈뜨끈하게 난방하는 게 더 환경을 위하는 거라고 생각하는데, 어쩌지?

아들 아빠 내가 무슨 얘기만 하면 왜 반대로 하려고 하시는 거죠? 언젠가 사거리에서 빵빵거리면서 달리다가 사람들한테 창피당하게 되면 그땐 내 말이 옳았다는 걸 깨닫게 될 거예요!

아빠 내가 언제 뭘 했다구?

아들 사거리에서 출발하실 때마다 그러시잖아요!

아빠 더이상은 못 참겠다! 찰리 누난 도대체 운전에 대해서 뭘 안다고 내 운전 방식까지 간섭하는 거냐!

아들 찰리 누나는, 도로에서 전속력으로 달리면서 시끄럽게 클랙슨을 울리고 기름을 마구 낭비하는 게 곧 구식이 될 거라고 했을 뿐이에요. 앞으로는 사람들 생각이 바뀔 테니까요.

아빠 정말 생각의 전환을 원한다면 그것보다 훨씬 좋은 예가 있다. 다른 사람들에게 훈계하지 않기, 간섭하지 않기, 그리고 자기 앞가림이나 잘하기, 그런 거다!

아들 그게 무슨 뜻이에요?

아빠 자기 일처리나 잘하라고, 다른 사람 일에 쓸데없는 간섭 말고!

아들 그 누나 얘기도 바로 그런 뜻이에요. 자기가 만든 쓰레기는 자기가 처리하고, 가능하면 처음부터 아예 쓰레기를 안 만들면 더 좋겠다구요.

아빠   어떤 사람도 삶의 번거로움이 요구하는 것 이상으로 쓰레기를 만들지는 않아.

아들   삶의 번거로움이라구요? 참 이상한 말이네요, 그렇지 않아요? 그 말은 그러니까, 사람들이 살기 위해 번거로운 일을 많이 벌인다는 뜻인가요?

아빠   그런 게 아니라, 사람들은 누구나 어느 정도의 번거로움은 감수하고 산다는 거야, 그러니까……

아들   그렇지만 번거로움이 적은 게 더 낫죠, 안 그래요?

아빠   그건 경우에 따라 다르지.

아들   그럼, 아빠 담배 피우는 거 말예요, 그것도 지금처럼 번거롭지 않게 할 수도 있을 텐데요!

아빠   그게 무슨 말이냐?

아들   아빤 항상 우리집에서 겨우 두 블록 떨어져 있는 담배 자판기까지 차를 몰고 가잖아요. 거기까지 그냥 걸어가면……

아빠   그럼 시간이 훨씬 오래 걸리잖니. 그런 면에서 그건 비경제적인 거야.

아들   아빠 다리만 생각하면 그럴지도 모르죠. 하지만 그만큼 기름도 낭비되고, 게다가 온 동네 사람들을 다 깨워놓잖아요.

아빠   내가 동네 사람들을 깨운다고?

아들   네, 아빠 자동차 문 닫는 소리가 얼마나 큰데요. 그 소리 때문에 자다가 깬 게 한두 번이 아니에요.

아빠 그럼 이제부턴 그 소리에 익숙해지도록 노력해보렴. 아무것도 아니잖니.

아들 아무것도 아니라구요? 모두들 그렇게 생각하니까 그렇게 시끄러운 거예요. 바로 그런 생각부터 바꿔야 한다고 찰리 누나가 그랬어요. 다른 사람들 생각도 좀 해야 한다구요!

아빠 그럼 내 기분도 좀 생각해줄 순 없겠니? 제발 그 말도 안 되는 소리 좀 그만 해라!

아들 엄마는 전혀 말이 안 되는 건 아니라고 하던데요.

아빠 엄마가 그 일과 무슨 상관이냐? 네 엄마도 기회만 있으면 차를 쓰려고 안달인데!

아들 자동차 얘기가 아니에요.

아빠 그럼?

아들 음식 준비요.

아빠 뭐?

아들 집에 손님이 올 때마다 항상 상이 모자랄 정도로 음식을 준비하잖아요. 엄마는, 손님들 대부분이 안 그래도 그렇게 뚱뚱한데, 거기다가 또 기름진 음식으로 배를 잔뜩 채울 필요가 있냐고 그러던걸요.

아빠 오호라, 네 엄마가 그런 말을 했단 말이지. 엄마는 손님 접대를

소홀히 하고 싶은 모양이로구나! 그건 인간 예절의 기본이라
구.

아들 그렇다고 손님들한테 아예 아무것도 대접 안 하겠다는 말씀은
아니었어요. 남들한테 잘 보이려고 그렇게 비싼 음식들을 차릴
필요는 없다는 거죠. 찰리 누나도 다른 나라에서 아이들이 굶
어 죽어가는 걸 생각하면 비싼 음식이 목구멍으로 안 넘어간다
고 그랬어요!

아빠 누가 그애에게 억지로 비싼 음식을 먹으라고 하든? 게다가 자
기 돈 내고 비싼 음식을 사 먹을 형편도 아닐 텐데 별 걱정을 다
하는구나!

아들 그렇게 할 수 있어도 안 할 거래요. 생각을 전환한 덕분이에
요……

아빠 이제 정말 그만 하자, 알겠니? 이러다가는 찰리 누나가 손님 접
대 방법까지 훈계할까 두렵구나!
(침묵)

아들 그러니까 생각을 바꾸지 않겠단 말씀이세요?

아빠 물론이지! 고작 그런 일들 때문에? 정말 생각을 전환해야 할 때
가 오면, 그래서 이런저런 이유로 지금까지 하던 걸 포기해야
한다면 정부에서 발표를 할 거다!

아들 정부는 벌써 오래 전부터 검소한 생활을 강조해왔잖아요.

아빠   그건 일반적인 권장 사항일 뿐이야! 명령이 아니라구!

아들   그게 그거 아닌가요?

아빠   그건 분명히 달라. 굉장한 차이지. 권장 사항이란 일종의 부탁
      이지만 명령은 강요거든!

      (침묵)

아들   아빠, 정말 실망이에요.

아빠   (신경질적으로) 뭐가 말이냐?

아들   저한테는 늘 무슨 일이든지 자발적으로 해야 한다고 했잖아요.
      그런데 아빠는 지금 강요당할 때까지 기다리겠다는 거잖아요!

병 주고 약 주고

아들 아빠, 찰리가 그러는데요, 걔네 아빠가 혹사당하는 아이들을
보며 박수를 치는 건 정말 부끄러운 일이라고 했대요!

아빠 또 무슨 말을 하려고 이러는 건지, 원…… 그 사람은 대체 어디
서 그런 끔찍한 일을 봤다더냐?!

아들 없는 얘길 하는 게 아니에요, 아니라구요!

아빠 그 사람이 어디서 그런 얘기를 들었는지 모르겠다만, 난 별로
듣고 싶지 않구나. 부탁이다!

아들 그치만 아빠도 그런 아이들이 나오면 열심히 보잖아요!

아빠 뭐?!

아들 스포츠 뉴스에 그런 애들이 나오면 넋을 잃고 보잖아요. 철봉
에 매달려서 빙빙 도는 거, 평균대에서 물구나무서는 거, 모두

들 너무 잘한다며 막 박수 치면서!

아빠 오호라, 그 말이었군! 그러니까 찰리 아빠는 어린 체조 선수들이 학대받는 아이들이랑 같다고 생각한다는 거지? 그러냐?!

아들 그애들이 어떤 훈련을 받는지 알면 아빠도 생각이 달라질걸요.

아빠 천만에, 그렇지 않아! 나는 그 둘 사이에 존재하는 차이를 구분할 줄 아니까.

아들 물론 어느 정도 차이는 있겠죠.

아빠 그건 인정하는구나!

아들 그치만 그 어린 여자애들이 하루에 대여섯 시간이나 훈련을 받는다는 거 아세요? 대여섯 시간씩이나요!

아빠 그래, 그런 얘긴 나도 들었다. 하지만 그렇게 힘든 걸 어린아이에게, 그것도 대여섯 시간씩이나 설마 억지로 시켰겠니? 그애들 스스로가 원했겠지.

아들 그애들이 정말로 그렇게 하고 싶은지 물어본 사람은 하나도 없을걸요.

아빠 하기 싫으면 언제든지 안 한다고 하면 그만이잖아! 어디가 아프다고 해도 되고…… 세상에, 학교에 대여섯 시간 앉아 있는 것도 싫어서 온갖 핑계를 늘어놓는 게 요즘 애들인데! 너만 해도 그렇잖니. 일 주일에 두 번, 그것도 한 번에 딱 삼십 분, 너 수영 배우게 하려고 쩔쩔맸던 걸 생각하면! 다 널 건강하게 만들려고 그런 거였는데 말이다. 감기도 자주 안 걸리게 하고……
그런데 어땠니, 결국 못 버티고 그만뒀잖아!

아들 저야 아빠가 유아원 때부터 그렇게 길들이지 않았으니까 그렇
죠.

아빠 유아원 때부터라고?

아들 네, 유아원 때부터요. 아직 걸음마도 못 뗀 애들 때부터 뽑는대
요. 말 잘 듣게 생긴 애들루요! 아주 어릴 때부터 시작해야 한대
요. 인대나 근육, 그리고 또 뭔지 잘 모르겠지만 아무튼 그런 것
들을 유연하게 하려면요.

아빠 그건 네가 요즘 유아원이 어떻게 돌아가는지 몰라서 하는 소리
야!

아들 (놀라며) 그럼 아빠는 아세요?

아빠 그래, 아주 우연히 알게 됐지. 얼마 전에 친구가 갑자기 아파서
그 친구 딸을 유아원에서 데리고 와야 했거든. 코트를 입히려
고 팔을 조금 만졌더니 어찌나 악을 쓰면서 울어대던지!

아들 (킥킥거리며) 그 장면을 직접 봤어야 하는 건데……

아빠 웃을 일이 아니야. 밖으로 나와서도 계속 울어대는 바람에 지
나가던 사람들이 날 유괴범으로 오해할 정도였다구! 요즘 애들
한테 절대로 강요는 안 통해. 아빠가 장담하마.

아들 그치만 아빠, 그 사람들도 처음에는 애들한테 잘 해줄 거라구

요. 훈련도 조금만 시키고. 애들이 재미있어할 정도로만요.

아빠 하지만 아이들이 하기 싫어하면 당장 그만둘 거다. 아빠 말 좀
     믿어보렴.

아들 그치만 그 아이들 부모들이 자기 아이가 올림픽에 나가거나 텔
     레비전에 나오기를 원한다면요?

아빠 너도 알겠지만 부모의 영향력에도 한계가 있는 법이야……

아들 네, 부모님들이 이성적이어서 아이들이 항복할 때까지 강요하
     거나 벌을 세우지 않는다면요. 엄마 아빠라면 누가 날 그런 식
     으로 강요하도록 가만두지 않겠죠!

아빠 칭찬이라고 생각하마, 고맙다. 하지만 아마 그 어린 선수들의
     부모들도……

아들 아기 선수라고 한대요!

아빠 그애들을 뭐라고 부르건 개네 부모들도 너희들 생각처럼 그렇
     게 형편없진 않을 거야. 그 사람들은 단지 아이들이 특별한 사
     람이 될 수 있는 기회를 만들어주려는 것뿐이야. 사람들은 대
     부분 특별한 존재가 되고 싶어하잖아.

아들 그치만 아빠 늘 어린 시절을 잘 보내야 한다고 그랬잖아요.

아빠 그야 물론이지. 그렇지만 '좋은' 어린 시절을 보내는 방법도 여
     러 가지란다.

아들 매일매일 몸을 이리 구부리고 저리 구부리고 하면서 고통받는

것도 좋은 시절인가요? 친구들이랑 놀지도 못하는데요? 그 아이들은 맘껏 자랄 자유조차도 없다구요!

아빠 사람이 자라고 못 자라는 건 예나 지금이나 하나님이 하시는 일이야!

아들 그거야 아무 방해도 없을 때 말이죠. 찰리 아빠가 그러는데, 어린 여자애들한테 가슴이 못 자라도록 별별 약을 다 먹인대요.

아빠 그건 위법이야!

아들 그래서요? 도둑질하고 살인하는 것도 금지되어 있지만 다 일어나잖아요. 몸무게가 삼십 킬로그램을 넘으면 안 된대요.

아빠 다이어트 얘기로구나. 자, 훈련중에 생크림 케이크만 먹어대서 찐빵처럼 몸이 부풀었다고 하자. 그러면 평균대 위에서 가볍고 우아하게 움직이기는 다 틀린 거 아니겠니! 게다가 체중이 너무 많이 나가면 회전을 하다가 크게 다칠 수도 있어.

아들 이러나저러나 다치긴 마찬가지예요.

아빠 억지부리지 마라. 체조 선수들한테 부상이 잦은 건 정말 어쩔 수 없는 일이야.

아들 하지만 나이가 들면 몸이 완전히 망가진다구요! 그렇게 어른이 되면 찾아주는 사람도 없고 척추는 이미 휘어질 대로 휘어지고…… 어쩌면 아이를 못 낳을지도 모른대요. 그게 다 그 빌어먹을 메달이랑 상 때문이라구요!

아빠 잠깐, 얘야! 그게 다 메달을 따려고 그러는 건 아니란다!

아들 아니, 맞아요. 그래서 메달을 못 따면 선수들이 우는 거예요. 그동안 혹사당한 게 아무 소용이 없어지니까요. 그애들이 상을 못 타는 것도 큰 실수 때문이 아니라, 고작 착지 때 엄지발가락이 조금 빗나갔다거나 뭐 그런 것 때문인데 말예요!

아빠 그래도 메달 때문만은 아닐 거다. 중요한 건, 자신의 육체가 가진 능력을 최대한 발휘해보려는 도전 정신이지. 그게 바로 진정한 스포츠 정신이야.

아들 어른들이나 자기 육체에 도전하면 되지, 왜 어린애들한테까지 그런 걸 강요하는 거죠?

아빠 어른이 된 뒤에 시작하면 너무 늦어. 아까 너도 그랬잖니, 빠를수록 좋다고.

아들 그게 모두 스포츠 정신을 위해선가요?

아빠 아니, 최고의 성과를 올리기 위해서지!

아들 누굴 위해 최고의 성과를 올려야 해요? 관중을 위해서요?

아빠 아니, 관중들만을 위한 건 아니고……

아들 스포츠 정신을 위해서겠죠.

아빠 꼭 그런 것만도 아니야! 최고의 성과를 올리는 건, 그러니까, 요즘은 그 의미가 좀 퇴색되긴 했지만, 자아 실현의 문제라고 할 수 있지.

아들　누가 자아를 실현하는데요? 코치요, 아니면 그애들의 부모님? (아빠, 아들 말에 대답하지 못하고 끙끙댄다) 어쨌든 찰리 아빠가 그러는데, 그 아이들은 소모품일 뿐이래요! 쓰다가 더이상 필요가 없어지면, 그러면……

아빠　……아빠 말 좀 들어보렴. 그 선수들은 어쩌면 네 말대로 훈련을 좀 심하게 받는지도 모르겠다. 그건 나로서도 알 도리가 없으니까. 하지만 그애들은 자신이 다른 사람들한테 멋진 모범이 된다는 걸 자랑스럽게 생각할 거야!

아들　모범이 된다구요? 무엇 때문에요? 남이 시키는 대로 해서요?

아빠　그애들이 보여준 끈기와 성취욕 때문이지. 계획을 끝까지 해내지 못하는 사람들에 대한 모범!

아들　(잠시 말을 멈췄다가) 딴 사람도 아니고 아빠가 어떻게 그렇게 말할 수 있죠?

아빠　'딴 사람도 아니고' 라니?

아들　정말로 내가 모를 거라고 생각하시는 거예요?

아빠　뭘 말이냐?

아들　아침마다 큰 소리로 스물까지 세는 거요. 엄마한테 팔굽혀펴기 하는 것처럼 보이려고……

비겁함의 정의

(아빠와 아들, 차 안에 있다)

아들 아빠, 찰리가 그러는데요, 걔네 아빠가 남의 일이라고 무조건 모른 척하는 사람은 비겁한 사람이라고 그랬대요!

아빠 (건성으로) 그건 또 무슨 소리냐? 잠깐 잠깐. 지금은 딴 데 신경 쓸 수가 없구나. (오토바이, 시끄러운 소리를 내며 지나간다) 이제 됐다! 저기 앞차의 숙녀분이 어찌나 느린지 원! 그건 그렇고 누가 비겁하다고?

아들 다른 사람 일에 모른 척하는 사람요! 찰리가 그러는데, 걔네 아빠가 구타는 더이상 개인의 문제가 아니라고 했대요.

아빠 구타라고?

아들 네, 구타요. 때리기, 매질하기, 혼쭐내기, 두들겨 패기, 묵사발

내기, 끝장내기……

아빠   (아들 말을 가로막으며) 그래 그래, 다 알아들었다! 네 그 뛰어
       난 어휘력에 감탄이 절로 나오는구나. 그 단어 실력이 다른 데
       서도 그렇게 뛰어나면 얼마나 좋겠냐.

아들   그건 내 잘못이 아니에요. 이상하게도 때린다는 말에는 같은
       뜻을 가진 단어가 굉장히 많거든요. 찰리랑 사전에서 찾아봤는
       데 일흔일곱 개나 되더라구요. '사랑하다' 라는 뜻의 단어는 겨
       우 열입곱 개밖에 안 되구요!

아빠   그 정도면 됐지 뭘 그러니. 그런데 네가 하려던 말이 그건 아니
       었던 것 같은데?

아들   예. 그러니까 찰리 아빠가, 구타는 남의 일이 아니니까 그런 일
       을 목격하면 가만히 있으면 안 된다고 했대요.

아빠   가만 들어보니 그 사람 또 영웅심이 발동한 모양이로구나! 그
       럼 주정뱅이들끼리 빌어먹을 골목 모퉁이에서 치고받고 싸우
       는 걸 보면 내가 끼여들어서 뜯어말리기라도 해야 된다는 거
       냐, 응?!

아들   (어리둥절한 표정으로) 아빠, 지금 너무 흥분하는 거 아니에
       요?

아빠   (약간 당황한 듯) 싸움꾼들이 쓰는 말투를 좀 흉내내본 것뿐이
       야. 어쨌든 난 그런 일에는 절대로 참견하지 않을 거다.

아들　찰리 아빠 말은 그런 뜻이 아니었어요! 여자랑 아이들 얘기라구요! 어, 조심하세요! 길이 좁아져요.

아빠　나도 벌써 봤다.

아들　찰리 아빠는, 아이들이나 여자들이 맞고 있을 때 모른 척해선 안 된다는 거예요. 여자랑 아이는 약자니까요.

아빠　아니. 그들이 '약자이기 때문'이 아니라, '약자일 경우에'라고 해야 옳은 거야! 여자들이라고 다 남자보다 약한 건 아니니까. 난 무서워서 집에 들어가기 싫어하는 남자들도 여럿 봤는걸. '호랑이 같은' 마누라, 아니 아내가…… 아니다, 그만두자.

아들　남자들이 근육이 더 많은데두요?…… 어, 아빠! 빨간불에 걸릴 뻔했잖아요!

아빠　아냐, 시간은 충분했어.

아들　어쨌든 아이들은 항상 약자잖아요!

아빠　물론 신체적으로는 그렇지. 하지만 어른보다 나은 점도 있단다.

아들　어떤 면에서요?

아빠　그건 네가 더 잘 알 텐데. 하루 종일 음악만 들어도 되고, 아침부터 저녁까지 온 집 안을 쿵쾅거리며 뛰어다녀도 되고, 또…… 한 달 내내 비누와 치약, 칫솔 없이도 살 수 있을 거고 온갖 사고를 다 쳐도 되고……

아들   매일 매질을 당한다면 그런 건 아무 소용도 없다구요!

아빠   그렇겠지. 하지만 아이들의 그런 특별한 재주가 때로는 따귀를
      맞는 원인이 될 수도 있는 거야.

아들   따귀라구요? 지금 그런 정도를 얘기하는 게 아니에요. 진짜 때
      리는 걸 말하는 거라구요! 매일같이 부모한테 맞고 사는 애들
      이 있다구요! 잘못한 것도 없는데 말이에요. 그런 애들은 너무
      맞아서 산송장이나 다름없대요! 바로 그런 경우를 보면 가만히
      있으면 안 된다는 거예요!

아빠   그거야, 물론이지. 네 말이 옳아.

아들   그런데 문제는 사람들이 그렇게 안 한다는 거예요! 괜한 문제
      가 생길까봐 두려워서요…… 그러니까 비겁한 거죠!

아빠   공연히 불쾌한 일이 생길 수도 있으니까. 이웃들하고 말이야,
      아니면 경찰하고도……

아들   그래서요? 그래도 중요한 일이잖아요!

아빠   그래 그래. 네 말이 맞다.

아들   찰리가 그러는데, 걔네 아빠가, 만약 사람이 물건이었다면 달
      랐을 거라고 했대요!

아빠   뭐?!

아들   맞아서 어디가 잘못되었다고 하면, 그건 물건이 파손된 거랑
      같잖아요! 그러면 때린 사람이 변상이라도 해야 하는 거잖아

요.

아빠 변상이라니! 너 무슨 말을 하는 거냐? 오늘 네 얘긴 처음부터 다 억지인 것 같구나.

아들 아니오! 망가진 사람에 대한 변상, 이것보다 더 분명한 게 어디 있어요? 그러니까, 일을 잘하는 여자가 그렇지 못한 여자보다 더 가치가 있는 것처럼 말이에요.

아빠 내가 진지하게 대꾸해줄 거라고 생각한다면 그건 정말 착각이야. (아빠, 클랙슨을 울린다) 저것 좀 보렴! 라이트 하나 없이 자전거를 타고 가는 저애 좀 보라구! 저런 상태로 자전거를 타는 건 자살 행위나 다름없어! 이렇게 어두운데 어디 저 자전거가 보이기나 하겠냐?!

아들 그럼 가서 그렇게 말해줘요!

아빠 뻔뻔한 대답이나 들을 게 뻔한데?!

아들 얘기를 하라고 했지 야단을 치라는 게 아니잖아요!

아빠 관둬라. 저런 애들을 만날 때마다 라이트를 달고 다니라고 일러주기 위해서 차를 세울 순 없어. 그러려면 오 분에 한 번은 차를 세워야 할걸!

아들 목숨이 달린 문제인데두요?

아빠 그건 그애들 부모가 알아서 할 일이야! 어쨌든 내 자식은 아니니까!

아들　(실망한 듯 혼잣말로) ……내 자식이 아니니까. ……아빠도 하르트만 아저씨랑 똑같아요.

아빠　그건 또 무슨 말이냐?

아들　그 아저씨도 그랬거든요. "내 차도 아닌데 뭐" 하고 말이에요. 왜, 얼마 전에 누가 우리 차 안테나랑 와이퍼랑 다 망가뜨려놓고 도망갔었잖아요.

아빠　(말을 가로막으며) 그런데? 하르트만 씨가 보기라도 했다는 거냐, 누가 그랬는지?

아들　네, 마침 창문으로 내다보고 있었대요.

아빠　그게 정말이냐! 어떻게 그럴 수가 있지? 그래, 그 깡패녀석이 시비를 걸까봐 겁이 날 수도 있었겠지. 하지만 최소한 경찰에 신고는 해줄 수 있는 거잖아?

아들　깡패처럼 보이지도 않았대요. 그냥 비쩍 마른 젊은 남자였대요.

아빠　도저히 이해가 안 되는구나. 그런데도 녀석을 쫓아버리지 않았다는 거냐?

아들　아저씨 차가 아니니까요. 아저씨는 아예 차도 없는걸요!

아빠　그래서? 차는 국가의 재산이라고 할 수 있어. 그게 누구의 소유인가는 중요하지 않다구! 자동차는 국민들 모두가 함께 지켜야 하는 소중한 국가 자산이라구! 그게 얼마나 비싼 차인데!

아들   그건 그렇죠.

아빠   "그건 그렇죠"라니! 어디 네 손으로 단돈 십원이라도 벌어와봐
        라. 그때 다시 얘기하자꾸나.

아들   아빠, 정말루요…… 차라리 사람이 물건이면 더 낫겠어요.

흉내내지 마세요

아들 아빠, 찰리가 그러는데요, 걔네 아빠가요, 텔레비전에 나오는
사람들은 좀더 신중하게 행동해야 한다고 했대요!

아빠 (가볍게 한숨을 내쉬며) 그전에 우선 텔레비전에 나오는 어떤
사람들을 말하는 건지부터 확실하게 밝혀야 하는 거 아니냐?

아들 아, 그래요. 아빠가 한번 알아맞혀보세요. 지금 별로 바쁘지도
않잖아요!

아빠 난 너와 생각이 좀 다르다만, 어쨌든 좋아! 어디 보자…… 뉴
스 앵커들은 아닐 테고, 그 사람들이야 워낙 고상하니까 흠잡
을 데도 없지.

아들 네, 맞아요.

아빠 쇼 프로 진행자들은…… 가끔 웃기느라고 이상한 소리도 하지

만 그렇다고 뭐 그렇게 행실이 나쁘다고는 할 수는 없을 것 같
고.

아들 그렇죠.

아빠 그리고…… 정치가들……

아들 ……도 가끔 소름끼치는 행동들을 하긴 하지만……

아빠 아빠 말이 끝날 때까지 좀 참을 수 없니? 정치가들은 일상생활
에서도 자칫 행동을 잘못했다간 큰일날 수가 있는데 만인이 지
켜보는 텔레비전 앞에서야 말할 것도 없을 테고!

아들 연방회의 같은 데 참석했을 때는 빼구요!

아빠 물론 그땐 가끔 격렬한 공방전이 벌어지기도 하지만 그렇다고
그런 걸 두고 '행실이 나쁘다' 고 할 순 없지!

아들 아빠, 어떻게 그렇게 한 입으로 두말할 수가 있어요? 내가 막
화가 나서 투덜거리면 당장 "행동 똑바로 못 하겠냐"고 하면
서!

아빠 넌 아직 바르게 행동하는 걸 배워야 할 나이니까!

아들 그럼 일단 배운 뒤에는 잊어버려도 된다는 거예요?

아빠 그때가 되려면 아직 한참 멀었잖니. 그러니까 그건 그때 가서
다시 얘기하자! 그리고 수수께끼 놀이도 이제 그만 하자꾸나.
도대체 텔레비전에 나오는 사람들 중에 행실이 그렇게 나쁜 게
누구냐?

아들　배우들요!

아빠　너 지금 농담하니? 배우들이야 맡은 역할에 따라 연기하는 것 뿐이잖아. 그럼 깡패 역을 맡은 배우가 대통령처럼 행동해야겠니?

아들　찰리 아빤 드라마 같은 데서 멋있게 나오는 주인공을 말하는 거예요. 시청자들의 사랑을 한 몸에 받는!

아빠　흠.

아들　그런 주인공들은 텔레비전에 나와서 안 좋은 행동들을 보여준단 말예요. 보는 사람들은 그걸 그대로 따라하구요.

아빠　시청자들이 드라마 속 주인공을 따라하고 안 하고의 문제는 일단 좀 접어두고, 대체 주인공들이 구체적으로 어떤 나쁜 행동을 보여준다는 거냐?

아들　우선, 주인공들은 맨날 술을 마셔요! 어느 집이건 현관에 들어서자마자 그러잖아요. "위스키 한잔 할래요?"

아빠　그건 드라마의 배경에 따라 다른 것 같구나. 육체 노동자들에겐 위스키를 마시는 일이 그렇게 흔하지 않거든. 그건 상류 계층에서나⋯⋯

아들　그래요, 그러니까 안 된다는 거예요. 그런 사람들일수록 시청자들은 더 자세히 보고 또 따라하려고 하잖아요, 안 그래요? 상류층의 잘사는 사람들 말예요.

아빠 뭐 꼭 그런 건 아니지만, 어쨌든 네 말이 무슨 뜻인지는 알겠다! 하긴 술 마시는 장면들이 좀 많긴 해.

아들 게다가 그런 사람들은 또 항상 얼음 없이 '스트레이트'로 마시 잖아요. 그게 더 멋있어 보인다고!

아빠 그래 그래, 네 말이 맞아……항상 문제투성이라니까. 주인공 들은 하나같이 심각한 위기에 빠져 허우적대기 일쑤고……

아들 그럼 현실에서는 그런 문제가 없다는 거예요?

아빠 물론 현실에서도 그런 문제가 있을 수는 있지. 하지만 텔레비 전 드라마에서처럼 그렇게 술 없이는 못 살 정도인 경우는 드물 다고 할 수 있지.

아들 찰리 아빠가 그러는데 우리나라에 알코올 중독자가 수백만 명 이래요! 당장 술을 안 끊으면 목숨이 위험한 사람들만요!

아빠 그래, 아마 그럴 거다……

아들 그런데 그런 사람들한테 술이 모든 걸 다 해결해주는 것처럼 그 런 장면을 보여주면 어떡해요? 술말고 대화나 다른 방법은 아 무 소용도 없는 것처럼 말이에요.

아빠 그래, 언제 기회가 되면 드라마 작가들한테 한번 항의를 해보 자꾸나. 술 대신 허브 차로 바꿔달라고 말이다. 그럼 됐지?

아들 그리고 담배도 얼마나 많이 피우는데요. 어떤 일을 시작하기 전엔 꼭 담배부터 피워물더라구요!

아빠 그건 담배 피우는 모습을 통해서 그 사람의 심리 상태를 표현하기 위해서 그러는 거야. 그럼 멋있는 주인공이 괴롭다고 오만상을 찌푸려야겠니?

아들 오만상을 찌푸린다구요? 그 말을 배우들이 들어야 하는 건데!

아빠 여긴 우리 둘뿐이잖니. 그건 그렇고, 지금까지 네가 든 예들은 '나쁜 행실'이 아니라 '나쁜 습관'에 속하는 것 같구나.

아들 어쨌든 보여줘선 안 되는 것들이잖아요!

아빠 그거야, 경우에 따라서……

아들 그리고 또 있어요. 드라마에 나오는 남자들은 뭐든지 휙 던져버려요!

아빠 시선 말이냐?

아들 아빠, 지금 장난하는 게 아니에요!

아빠 그럼 뭐, 생일 케이크?

아들 아뇨. 그런 건 어차피 아무도 안 따라 하니까 괜찮아요. 케이크는 그냥 던져버리기엔 너무 아깝잖아요. 그러니 안 따라해도 이상할 것도 없죠.

아빠 그럼 도대체 뭘 던진다는 거냐?

아들 편지나 종이쪽지 같은 거요! 그런 걸 읽고 나서는 '터프하게' 쫙쫙 찢어서 아무 데나 휙 던져버리잖아요. 특히 들판 같은 데.

아빠 하느님 맙소사! 누가 환경운동가 아니랄까봐 찰리 아빠가 이젠 드라마에 나오는 장면들까지 문제삼으려는가 보구나. 그건 모두 연기일 뿐이잖아!

아들 　하지만 주인공들은 멋있게 보이려고 그러는 거잖아요. 그러니까 그런 건 다른 사람들도 금방 따라한다구요.

아빠 　난 그런 적 없어!

아들 　또 담배꽁초도 아무 데나 던져버리죠! 멋있는 주인공이 나올 때는 겨우 한 모금 피우곤 곧바로 버리던걸요!

아빠 　그래, 그건 별로 바람직한 본보기는 아닌 것 같구나. 하지만 그것보다 더한 것들도 많아. 그 정도는 아무것도 아니라구!

아들 　맞아요, 살인 장면도 너무 많아요.

아빠 　그 문제는 더이상 꺼내지 않는 게 좋겠다. 지금까지 얘기한 것만으로도 넌더리가 나니까 말이야.

아들 　그 얘길 꺼낼 생각은 없었어요. 사실은 텔레비전에 나오는 것 중에 진짜진짜 나쁜 게 하나 남았거든요!

아빠 　그럼 빨리 얘기하고 끝내자……

아들 　주인공들이 운전하는 모습 말예요! 찰리 아빠가 그러는데, 보통 사람들이 차를 그렇게 몰았으면 벌써 면허 정지를 먹었을 거래요.

아빠 　추격 장면 같은 거 말이지?

아들 　네, 그게 첫번째구요……

아빠   그런 경우에야 굳이 면허 정지까진 필요 없을 것 같구나. 어차피 대부분은 다 죽는 걸로 끝나잖니!

아들   아뇨, 주인공은 끝까지 살아남아요.

아빠   안 그러면 너무 비극적이잖니!

아들   어쨌든 주인공이나 나쁜 놈들이나 차를 똑같이 험악하게 모는데 꼭 주인공만 살아남아서 영웅이 되잖아요! 길 가던 사람을 그냥 치어 죽이기도 하고 다른 차들도 다 박살내는 그런 주인공들도 많은데!

아빠   진짜 죽인 것도 아니잖아. 어차피 영화인데 뭘!

아들   찰리 아빠가 그러는데 시청자들이 좋아하는 주인공이 하는 행동은 순식간에 퍼진대요! 자동차광 중에 어떤 사람은 텔레비전에서 본 제임스 본드를 흉내내느라 전속력으로 달린다잖아요!

아빠   그럼 내무부 장관한테 항의 편지라도 쓰라고 하렴. 제발 영화나 텔레비전 드라마에서 영웅들이 모범적인 행동을 하게 해달라고 말이야!

아들   그게 효과가 있을 거라고 생각해요?

아빠   아니.

아들   그럼 계속 나빠지기만 하겠네요.

아빠   왜 더 나빠진다는 거냐?

아들   다양해지니까요. 텔레비전 채널이 하루에도 몇 개씩 늘어나잖아요. 그러니까 나쁜 본보기도 점점 더 많아질 거 아니에요.

아빠 그건 말도 안 돼. 채널이 많아진다고 해서 자동적으로 '나쁜 본

보기'가 많아지는 건 아니라구!

아들 내기할래요?

이렇게 쉬운걸!

아들   아빠, 찰리가 그러는데요, 걔네 아빠가 사람이 늘 즐거울 수는 없다고 했대요.

아빠   나 원, 참! 그게 뭐 그리 대단한 발견이라고…… 그래 그걸 이제야 깨달았다는 거냐? 그 나이에?!

아들   잠깐만요, 그게 다가 아니에요!

아빠   들으나마나야. 왜, 항상 불행하란 법도 없다는 것도 깨달았다고 그러던?

아들   아이, 그런 게 아니에요. 찰리 아빠는 사람이 항상 행복할 수는 없지만 어떻게든 기분이 좋아지게 할 수는 있다고 했단 말예요.

아빠   (큰 소리로 웃으며) 그건 맞다! 너무 심하지만 않으면 말야.

아들　　뭐가요?

아빠　　뭐긴 뭐야. 별것 아닌 일에도 금방 기분이 변하는 사람들 말이지. 지나가던 똥개가 꼬리만 살살 흔들어도 행복하다는 사람들도 있거든!

아들　　아빠는 어쩜 생각한다는 게 그런……

아빠　　기대도 안 하고 있다가 냉장고에서 맥주 한 병을 찾아냈을 때가 가장 행복하다는 사람도 있지.

아들　　아빠가 그랬잖아요. 다 떨어진 줄 알았다가 맥주 캔이 몇 개 남아 있는 걸 보고 정말 좋아했잖아요!

아빠　　그래서? 그건 아주 잠깐일 뿐이야. 찰리 아빠 생각처럼 하루 종일 행복해할 일까진 없다구.

아들　　맥주 얘기를 꺼낸 건 찰리 아빠가 아니라 아빠잖아요!

아빠　　그래, 좋아. 그럼 찰리 아빠는 기분 전환을 어떻게 한다던?

아들　　다른 사람들에게 친절을 베푼대요.

아빠　　친절을 베푼다?! 지나가던 개가 다 웃겠다! 딴 사람도 아니고 찰리 아빠가? 자기랑 생각이 다른 사람들만 보면 비판하려 드는 그 사람이?

아들　　생각이 다른 거랑은 아무 상관도 없어요! 찰리 아빠는 그냥 사람들이 친절을 베풀 용기가 없다고 한 것뿐이에요.

아빠　　용기가 없다구? 왜 용기가 없다는 거냐? 불친절할 때는 얼마나

과감한데! 무례하고 뻔뻔스럽고…… 그런 건 모두들 잘만 하

잖니!

아들 바로 그래서 이상하다는 거예요.

아빠 하긴 생각해보면 이상할 것도 없지 뭐. 친절을 베풀려면 이것

저것 생각해야 하지만, 아무렇게나 행동하는 건 누구나 할 수

있으니까.

아들 친절을 베푸는 것도 누구나 할 수 있어요.

아빠 물론이지. 하지만 그러기 위해서는 일단 그럴 만한 이유가 있

어야지. 안 그러냐?

아들 이유요?

아빠 왜냐하면 말이지…… 사람이 하루 종일 이유도 없이 억지로 웃

고 다닐 수는 없지 않겠니? 그래서 그런 거야!

아들 친절을 베푸는 데 왜 억지 웃음이 필요해요?

아빠 (한숨을 내쉬며) 아직 나한테 할말이 남았니?

아들 네! 찰리 아빠가 얼마 전에 겪은 일인데요, 차를 타고 가다가 우

체통이 보이면 편지를 부치려고 했대요. 그런데 갑자기 비가

쏟아졌대요. 엄청 많이요, 하늘에 구멍이 난 것처럼!

아빠 음, 그래서?

아들 우체통 가까이에 차를 댈 수도 없었구요. 그런데 우체통 옆에

어떤 남자가 우산을 쓰고 서 있었대요.

아빠   그래서 그 남자가 친절하게도 찰리 아빠 차까지 와서 우산을 건네줬다던? 덕분에 찰리 아빠는 비를 하나도 안 맞고 편지를 부칠 수가 있었고. 그리고 남자는 비에 홀딱 젖었지만 그래도 기분은 좋았다, 뭐 그런 얘기냐?

아들   아뇨, 그거보다 훨씬 더 영리했어요! 그 남자가 차 쪽으로 왔대요. 찰리 아빠가 편지를 들고 있는 걸 보구요. 그리곤 찰리 아빠한테 자기가 편지를 우체통에 넣어줄 테니 그냥 차에 있으라고 했대요.

아빠   멋지군! 그래서 우체통에 편지를 넣은 두 사람은 죽을 때까지 행복하게 잘 살았답니다. 끝!

아들   어쨌든 두 사람 다 기분이 좋았을 거예요!

아빠   그러거나 말거나. 나 같으면 내 편지를 다른 사람 손에 맡기는 일은 절대로 안 해!

아들   왜요?

아빠   그 너무나 친절한 사람이 내 편지를 진짜로 우체통에 넣을지 아닐지 어떻게 알겠냐?

아들   아빠는 진짜……

아빠   또 그 사람이 직전에 감자튀김을 먹었을지도 모르고…… 기름 묻은 손으로 내 편지를 만지면 편지봉투에 얼룩이 생길 거 아니냐!

아들　(잠시 생각에 잠기더니) 그럼 마이어 아줌마 일 때도 감자튀김

　　　때문에 차 시트가 더러워질지도 모른다고 생각한 거예요?

아빠　마이어 아줌마라니? 그게 무슨 소리냐? 그분은 요새 통 보지도

　　　못했는데. 최소한 사흘은 됐을걸?

아들　볼 수도 있었어요, 어제요. 어제 무거운 소포를 들고 우체국에

　　　가고 있었대요. 제대로 들고 있지도 못할 정도로 무거웠는데,

　　　그때 아빠가 차를 타고 아줌마 바로 옆으로 지나갔대요.

아빠　난 사람 '바로 옆으로' 차를 몰고 가진 않아. 위험하니까 말야.

　　　그런데 그 얘기는 대체 누구한테서 들은 거냐?

아들　마이어 아줌마요. 집 앞에 엄마랑 있다가 마주쳤거든요. 그때

　　　그 얘길 하더라구요. 아줌마가 집에서 나오는데 아빠가 시동을

　　　걸길래 혹시 태워주지 않을까 하고 좋아했다구요!

아빠　그것 참 안됐구나. 하지만 난 정말 못 봤다구.

아들　아줌마를 태워줬더라면 무지무지 기뻐했을 거예요. 아빠도 기

　　　분좋았을 거구요.

아빠　못 봤다잖니! 애가 정말!

아들　아빨 의심하는 건 아니에요. 하지만 찰리 아빠는, 정말로 친절

　　　을 베풀려고 마음먹은 사람한텐 다 보인다고 하던걸요!

아빠　어련하겠니! 그렇게 되면 아마 보이는 사람들마다 다 붙잡고

　　　친절을 베풀어야 할 게다! 초콜릿을 먹다가 멀리 누가 보이면

뛰어가서 한 입 먹으라고 권해야 할 거고, 늙어서 비틀거리는 강아지를 보면 안아서 길 건너로 옮겨줘야 하고, 또 누가 담배를 피려고 하면 얼른 쫓아가서 불을 붙여주고, 돈 안 내고 우물쭈물하는 사람 대신에 돈도 내주고…… 그러다 보면 시간도 돈도 하나도 안 남겠지만 마음은 항상 뿌듯하겠지!

아들 친절을 베푸는 데 항상 시간이나 돈이 드는 건 아니에요.

아빠 세상에 공짜로 되는 일은 없어.

아들 공짜라고는 안 했어요.

아빠 내 말이 바로 그 말이야.

아들 그치만 얼마 전에 같이 장 보러 갔을 때 아빠도 그랬잖아요. 계산대에 있던 아줌마한테 감동받았다구요.

아빠 내가 그랬냐?

아들 네, 하루 종일 앉아서 같은 일만 반복하는데도 항상 손님들한테 친절하고 상냥하게 웃어준다구요! 아빠가 그랬어요.

아빠 아, 그래 맞다. 정말 그랬었지. 그런데 그게 왜?

아들 그날 그 아줌마한테 늘 친절하게 대해줘서 고맙다고 말해주었더라면 더 좋았을 텐데.

아빠 잠깐, 잠깐만! 너, 이 아빠가 무슨 제비인 줄 아냐?

아들 그랬더라면 아줌마도 좋아했을 거예요. 그리고 아빠한테도 기분좋은 말을 했을 거구요. 그러면 아빠도 흐뭇했겠죠.

아빠   (말을 가로막으며) ……그래, 네 말대로 내가 그렇게 했다고
치자. 친절을 온 사방에 뿌리고 다녔다고 해보자구. 마치 물뿌
리개처럼 말이다.

아들   (끼여들며) 너무 촌스러운 비유라고 생각하지 않아요? 정말 못
말리겠다니까!

아빠   내 말 아직 안 끝났어! 그럼 사람들은 얼마 안 가 날 미친놈 취
급하고 말걸!

아들   찰리 아빠는 모든 사람들이 서로에게 친절을 베풀면 더이상 아
무도 이상하게 여기지 않을 거랬어요. 게다가 다들 기분도 더
좋아질 거구요!

아빠   그러면 찰리네 가족부터 먼저 시작해보라고 하려무나. 얼마나
멀리 확산이 되는지 한번 두고 볼 테니까. 그래서 우리 회사 사
장이 어느 날 내 방에 와서 "일을 너무 깔끔하게 잘해서 참 좋
다"고 칭찬을 하면……

아들   ……그리고 아빠가 모든 사람들한테 친절하게 대하는 날이 오
면요……

아빠   ……아빠 얘기하는데 좀 그만 끼여들 수 없니? 그러면 나도 기
꺼이 동참하겠다고 하려던 참이었다구!

아들   지금부터 연습하면 안 되나요?

아빠   (큰 소리로) 난 이미 연습중이야! 이 아빠 친절한 사람이라구!

몇 번을 말해야 알아듣겠니!

아들   나도 알고 있어요.

아빠   알고 있다니 다행이구나.

아들   찰리 아빠가 그러는데, 친절을 베푸는 건 돈이랑 비슷하대요.

아빠   모처럼 옳은 말이로구나. 친절을 베푸는 것도 돈 쓰는 것처럼 신중해야 하는 거야.

아들   아뇨, 그 반대예요. 가만히 묻어두기만 하면 쓸모가 없대요.

평등에 대한 대가

아들   아빠, 찰리가 그러는데요, 걔네 아빠가 평등은 돈에 약하다고 했대요!

아빠   그 말은 뜻도 모호하지만, 틀린 말이야.

아들   그 말이 모호하다구요?

아빠   그래.

아들   그런데 그게 틀렸다는 건 어떻게 아셨어요?

아빠   왜냐하면, 이젠 대충 듣기만 해도 벌써 찰리 아빠가 어떤 넋두리를 풀어놓을지 짐작할 수 있으니까!!

아들   어떤 넋두리인데요?

아빠   "오 세상아, 나쁜 세상아, 가난한 자와 부자가 있는 불공평한 세상아!", 뭐 그런 거 아니냐?

아들   그것도 노래예요?

아빠   어쨌거나, 내용은 맞지?

아들   아뇨, 아닌 것 같아요. 찰리 아빠는 모든 사람이 평등하다고 했
거든요. 적어도 우리나라에서는요.

아빠   법 앞에서야 그렇지. 그래, 법 앞에서는 모든 사람이 평등하지.
하지만 주머니 사정으로만 보면 꼭 그렇지도 않아!

아들   '법 앞에서', 맞아요, 그런 뜻이었어요. 바로 그래서 골 때리는
거죠.

아빠   또 그런 말을! 그런데 그게 뭐가 잘못됐다는 거냐?

아들   예를 들어서 어떤 사람이 감옥에 가게 될지도 모르는 일을 저지
르면 말예요.

아빠   '가게 될지도' 모르다니! 죄를 지었으면 감옥에 가는 거고 아
니면 아닌 거지. 그건 법이 결정하는 거야. 검찰에 기소된 사람
이면 누구나 할 것 없이 그런 과정을 거쳐야 해!

아들   어떤 때는 재판이 열리기 전에 감옥에 들어가는 경우도 있다면
서요? 죄가 아주 무거운 경우에는요.

아빠   그래, 죄가 무거울 경우에는 미결구류명령을 내리기도 하지.
재판이 열리기 전에 용의자가 멀리 도망가지 못하도록 하기 위
해서 미리 잡아놓는 거지.

아들   하지만 돈이 많은 사람들은 그런 경우에도 감옥에 안 간다면서

요? 찰리 아빠가 그러던데요. 그런 사람들은 돈을 아주 많이 내고 그 대신 자기 집에서 지낼 수 있대요.

아빠 찰리 아빠가 보석(保釋) 제도에 불만이 있는가보구나.

아들 네, 맞아요. 그거예요.

아빠 그래, 얼핏 생각하면 불공평하게 보일지도 모르지. 하지만 그 사람들이 지불하는 돈은 용의자가 도피하지 않을 거라는 일종의 보증이야. 그런데 굳이 그 사람을 감옥에 넣을 필요는 없는 거 아니냐? 거기다가 혹시 무죄로 판명될지도 모르고……

아들 그치만 돈이 없는 사람도 무죄일 수 있잖아요?

아빠 그래. 이론적으로는 재판에서 공식적으로 유죄 선고를 받기 전까지는 모든 용의자들이 무죄야. 하지만 미결구류를 받는 사람은 대체로 유죄일 가능성이 크다고 판단되는 경우지.

아들 부자들은 안 그렇구요?

아빠 부자들의 경우에는 음…… 그 사람이 무죄가 아니라면 그렇게 많은 돈을 선뜻 지불할 리가 없다고 생각하는 거지! 그리고 또 돈이 많다고 해서 누구나 보석금을 신청할 수 있는 것도 아니고. 어쨌든 모든 절차엔 그에 합당한 재판이 선행되는 법이니까!

아들 하지만 재판이 시작될 때까지 그 사람들은 집에서 편하게 지낼 수 있잖아요. 돈 덕분에요.

아빠 그렇게 편안하지만은 않을걸! 사건에 대한 보도나 재판 결과
같은 것들이 신문마다 일면에 실릴 텐데 맘이 편할 리가 있겠
니?

아들 그치만 부자들은 재판에서 잘 이기는 유명한 변호사를 쓸 수 있
잖아요. 아빠도 그건 알죠?

아빠 그래! 때로 돈이 인생을 더 편하게 만들어준다는 건 누구도 부
인하지 못할 거다!

아들 더 편하게만 만든다면 무슨 상관이겠어요? 불공평하니까 문제
지.

아빠 보석금으로 어떤 사람을 잠시 풀어주는 건 불공평한 게 아니
야. 나라에 이익이 될 수도 있고. 아까 한 얘기 다시 듣고 싶으
냐?

아들 아뇨, 그럼 다른 얘기를 할 수가 없잖아요.

아빠 그게 다가 아니란 말이지…… 그래, 좋아! 어디 한번 계속 해보
렴.

아들 찰리 아빠가 그러는데요, 돈이 많으면 공부하기도 훨씬 더 쉬
워진대요.

아빠 부모의 수입에 따라 대학 입학이 결정된다는 건 아닐 테고. 그
게 대체 무슨 말이냐?

아들 새로 생긴 사립대학들 말이에요. 거기는 돈만 있으면 들어갈

수 있다면서요? 학비가 엄청나대요. 찰리 아빠가 그랬어요.

아빠 그래서? 그건 내가 보기엔 오히려 공평한 것 같구나. 부자들이 국립대학에서 공짜로 공부하는 것보단 낫잖니! 다른 관점에서 생각할 줄도 알아야지!

아들 그치만 학생들한테는 불공평하잖아요. 가난한 학생들이 졸업한 뒤에 갚아야 할 돈이 한두 푼이 아니래요. 그게 다 대학 다닐 때 공짜로 공부한 덕택이라나요!

아빠 학자금 융자 말이로구나. 학생들이 졸업한 후에 직장을 갖게 되면 월급에서 조금씩 갚게 되어 있지. 그런데 그게 뭐 어떻다는 거냐? 그건 오히려 일하는 데 동기 부여가 될 수도 있어. 그 때문에라도 더 열심히 일해서 돈을 벌 것 아니냐!

아들 그런 사람들이 직장에서 더 뛰어날 거란 뜻이에요? 비싼 대학에 다닌 사람들보다 더?

아빠 더 '뛰어날' 거라곤 안 했다. 동기 부여가 돼서 더 '열심히' 일할 거라고 했지. 그런 학생들은 그만큼 직장 생활을 더 진지하게 받아들일 거란 말이야.

아들 아 네, 알겠어요. 그럼 항상 먼저 물어봐야겠네요. 그러니까 병원 같은 데 가면 의사 선생님한테 사립대학에 다녔는지 아니면 국립대학을 나왔는지, 학자금을 빌려서 공부했는지 아니면 부모님이 주셨는지 그런 거요. 그러면 그 의사 선생님이 환자를 진지하게 돌보는지 아닌지 쉽게 알 수 있겠네요, 그쵸?

아빠 그러든지 말든지, 네 맘대로 하렴.

아들 부자들은 졸업 논문도 자기가 직접 안 쓴다죠?

아빠 그건 또 무슨 말이냐?

아들 신문에 보면 졸업 논문을 대신 써준다는 광고들이 자주 나오잖아요, 돈 받고……

아빠 나는 그런 광고 한 번도 본 적 없다. 찰리 아빠는 이상한 신문만 보는 모양이로구나.

아들 『디 벨트』(독일의 주간지 ─ 옮긴이)에 나오는걸요. 그건 아빠도 가끔 보잖아요. 아주 감쪽같이, 아무도 모르게 할 수 있대요. 그렇게 씌어 있어요.

아빠 당연히 그럴 테지……

아들 금지된 일이라서요?

아빠 그럼! 졸업 논문을 다른 사람한테 써달라고 하는 건 절대로 해서는 안 되는 일이야!

아들 그런데 그런 광고는 왜 있는 거죠?

아빠 신문 편집자도 미처 못 봤겠지. 모든 기사를 일일이 다 볼 수는 없으니까 말이야. 편집자들은, 언젠가 텔레비전에도 나왔잖니, 성공만을 위해 자기 영혼까지 파는 일은 없도록 애를 쓰지만 한계가 있단다. 그러니까, 그게 다른 사람의 자유를 구속할 수도 있으니까 말야!

아들　금지된 일을 하는 것도 자유인가요?

아빠　하지만 편집자가 금지된 일을 하는 건 아니잖니. 그는 소위 모든 사람에게 행동의 자유를 보장할 수밖에 없어. 그게 옳은 일이든 그렇지 못한 일이든지 간에. ……옳지 못한 일을 하는 사람은 그 자신이 위험을 감수해야 하는 거야. 일이 잘못됐을 땐 책임도 져야 하고!

아들　아, 그게 그런 거군요……

아빠　그래, 그런 거야. 누가 법을 어기는 행동을 한다고 해서 그걸 못하게 막을 수 있는 사람은 없어. 그건 국가도 마찬가지야.

아들　그치만 그런 사람들에게 벌을 줄 수는 있잖아요.

아빠　그래, 그건 할 수 있지. 실제로 그렇게 하고 있기도 하고. 법 앞에선 모두가 평등하니까.

아들　그런데 법 뒤에서는 평등이 안 통하나보죠?

애들도 다 알아요

아들 아빠, 찰리가 그러는데요, 걔네 아빠가 애들도 어차피 다 알게
되니까 그냥 처음부터……

아빠 (말을 가로막으며) 애들이 다 알게 된다구? 그런데 너는 지금
이 아빠가 외출 준비로 바쁘다는 것도 모르고 있는 것 같구나.
그래서 너랑 오래 얘기할 시간이 없다는 것도 말이다.

아들 아빠가 나가시기 전까진 얘기할 수 있잖아요. 근데 지금 어디
가는 거예요?

아빠 직장 동료 만나러.

아들 직장 동료 만나러 가는데 어떤 넥타이를 맬까 그렇게 오래 고민
해요?

아빠 넥타이 고르느라 그런 게 아니라 뭐 좀 생각하느라 그러는 거

다…… 얘, 거울 앞에서 좀 비켜주면 안 되겠니, 하나도 안 보이잖아.

아들 우와, 이 넥타이 정말 멋지네요! 이거 구찌 아니에요? 아님 뭐지?

아빠 나도 모르겠다. 지나가다 그냥 마음에 들어서 산 거야.

아들 (아양을 떨며) 내가 봐도 멋있어요. 근데 좀 걱정되는데요. 아빠 동료는 낡은 스웨터에 슬리퍼나 질질 끌고 나올까봐요. 그럼 진짜 창피할 거 아니에요, 그쵸? 아빠는 이렇게 쭉 빼 입었는데……

아빠 뭐야? 내가 특별히 '쭉 빼 입은' 것도 아니지만, 내 동료도 절대로 '슬리퍼나 질질 끌고' 나올 리가 없어. 둘만 만나는 것도 아니고 여러 사람이 모이는 자리니까.

아들 아, 그랬군요. 파티라도 하는 거예요?

아빠 파티는 아니고, 거 뭐라고 할까…… 그래, 좀 거창한 회식이라고 해두자. 직장 상사에서 말단 사원들까지 모두 오거든.

아들 그치만 춤도 출 거잖아요.

아빠 그건 네가 어떻게……

아들 밑창이 반질반질한 가죽 구두를 고르는 걸 보고 알았죠. 아빠는 춤추러 갈 때만 그 신발 신잖아요. 보통 때는 너무 미끄럽다고 잘 안 신으면서……

아빠   (허를 찔린 듯 뜨끔해서) 넌 아빠에 대해 모르는 게 없구나. 앞
　　　으론 이 아빠에 대해 관심 좀 꺼주면 좋겠구나!

아들   노력해볼게요……

아빠   (점점 초조해하며) 저리로 좀 비킬 수 없니! 길을 가로막고 서
　　　있잖아. 이런, 제길! 꼭 바쁠 때만 이런 일이 생긴다니까! 신발
　　　끈이 끊어져버렸어!

아들   엄마한테 여분이 있는지 물어볼까요?

아빠   아니다. 그냥 여기 있어라! 엄마한테 아무 말 말고…… 신발 끈
　　　은 내가 어떻게 해보지, 뭐.

아들   엄마 화난 거 맞죠? 아빠가 나가는 것 때문에……

아빠   그게 무슨 소리냐? 네 엄마는 화 안 났어. 그럴 이유가 없잖아?

아들   엄마는 같이 못 가니까요.

아빠   네 엄마가 계모임 갈 때 내가 따라가는 거 봤냐?

아들   그땐 그냥 차나 마시다 오는 거니까 그렇죠. 그치만 오늘 저녁
　　　은 파티잖아요, 춤도 추고 그리고……

아빠   파티가 아니라고 했잖니! 그리고 오늘 초대받은 사람들은 모두
　　　아빠 직장 사람들뿐이고! 엄마는 잘 알지도 못하는 사람들이라
　　　구!

아들   그럼 가서 인사시켜주면 되잖아요.

아빠   엄마 아빠 일에 간섭하는 건 버릇없는 짓이야, 알겠니?!

아들　홍, 엄마 아빠 일이라구요? 그건 내 일이기도 해요! 요즘 엄마 아빠가 자주 싸우는데, 내 맘이 편할 것 같아요?

아빠　(큰 소리로) 우리는 싸우는 게 아니야! 말도 안 되는 소리 좀 그만 하렴.

아들　그래요? 안 싸웠다구요?…… 하지만 뭔가 문제가 있는 건 맞잖아요.

아빠　(목청을 높이며) 우리 사이엔 아무 문제도 없어.

아들　찰리가 그러는데요, 걔네 아빠가 부모들이 아이들 앞에서 아무 문제 없는 척하는 건 잘못하는 거라고 했대요. 그러면 아이들은 오히려 더 두려워하게 된다구요!

아빠　뭘 두려워한다는 거냐?

아들　아이들이 뭔가 잘못되어가고 있다고 느끼고 있는데 뭐가 어떻게 된 건지 아무도 얘기를 안 해주면 오히려 불안감만 커진대요.

아빠　아이들이 제멋대로 생각하는 걸 부모라고 무슨 수로 말리겠냐? 아무 일도 아닌 걸 '뭔가 잘못되어가고 있는 것 같다'고 지레짐작하고 걱정하고……

아들　그런데 그런 경우 대부분 아이들이 잘못 생각한 게 아니라는 게 바로 문제란 말예요. 아이들은 그게 어떤 건지 정확히 모르는 것뿐이라구요. 부모님이 어떤 생각을 하고 있는지…… (씩씩

거리며) 아이들한테 아무 얘기도 안 해주는 건 정말 너무해요!

아빠 아무 할말이 없으니까 안 하는 거겠지……

아들 우리 반에 미샤 말이에요, 아빠도 알죠? 그애가 얼마 전부터 막 말썽을 피우는 거예요. 숙제도 안 해오고 수업 시간에 선생님이 뭘 시켜도 들은 체 만 체하고. 결석도 여러 번 하구요.

아빠 그런데?

아들 그래서 하루는 켈러만 선생님이 상담을 했어요. 정말 좋은 분이죠? 켈러만 선생님이 미샤를 한참 동안이나 달래면서 이유를 물었더니 미샤가 엉엉 울면서 자기 부모님이 이혼하려고 한다고 했대요. 그리고 자기는 고아원으로 보내질 거라구요!

아빠 저런, 안됐구나. 그런 끔찍한 일이……

아들 네! 하지만 다행히 그건 사실이 아니었어요! 미샤 혼자 그렇게 생각한 것뿐이었어요!

아빠 역시 아이들이란 못 말린다니까! 그런 걸로 선생님까지 걱정하게 만들었으니!

아들 그래도 켈러만 선생님과 상담을 한 게 천만다행이었어요. 선생님이 당장 미샤 부모님을 찾아갔거든요. 미샤 부모님이 그 얘기를 듣곤 많이 후회했대요!

아빠 후회는 왜? 뭐에 대해서? 미샤가 혼자 상상한 거라고?

아들 네. 부모님이 미샤한테 아무 얘기도 안 해줬기 때문이죠! 미샤 부모님 사이가 정말 심각했는데도 말예요. 처음에는 미샤 아빠가 집을 나갔고, 며칠 있다가는 미샤 엄마마저 집을 나갔대요. 그래서 미샤를 돌봐줄 사람이 없어서 미샤 할머니가 집에 와야 했대요. 그리곤……

아빠 (재촉하며) 그래서 도대체 결론이 뭐냐? 이혼을 하는 거냐, 아니냐?

아들 아뇨, 이혼하는 건 아니래요. 어쨌든 지금은요. 찰리 누나가 그러는데 미샤 부모님들은 잠시 서로 떨어져서 생각할 시간이 필요하대요.

아빠 그애는 참 아는 것도 많구나. 이제 겨우 사춘기를 벗어난 나이에……

아들 어쨌든…… 이제는 그럭저럭 조용한가봐요.

아빠 그 말을 들으니 안심이구나…… 거기 있는 손수건 좀 이리 다오…… 옷장 앞에서 좀 비켜주겠니?

아들 우웩! 아빠, 향수 냄새가 너무 강한 거 아니에요? 이거 엄마 향수죠?

아빠 이건 향수도 아니지만, 엄마 건 더더욱 아니야! 남성용 오데콜롱이라구. 이 냄새가 싫으면 방에서 나가면 되잖니.

아들 (애교스럽게) 냄새가 나쁜 건 아니에요, 정말이에요. 아니 향기가 진짜 좋아요! 난 그냥 좀 너무 많이 뿌린 것 같아서……

아빠   금방 날아갈 거야……

아들   어쨌든 미샤는 유급됐어요.

아빠   미샤 애긴 이제 들을 만큼 들은 것 같구나. 결국 그애가 쓸데없
        는 걱정을 한 거였잖니! 또 이젠 모든 게 다 원래대로 돌아갔고.

아들   그치만 그앤 정말 충격이 컸어요. 그리고 그 일 때문에 아무것
        도 못 했잖아요. 유급까지 되고……

아빠   그러니까 앞으로는 그런 일이 있어도 경솔한 생각은 안 하겠
        지. 그리고 유급 좀 한다고 세상이 끝나는 건 아냐. 거기 아빠
        담배 좀 줄래? 이제 정말 서둘러야겠다.

아들   여기 있어요……

아빠   왜 날 그런 눈으로 보는 거냐? 아니, 너 정말, 아빨 보는 눈이
        꼭…… 꼭 범인 심문하는 수사반장 같구나. 거기다 사냥꾼 앞
        에서 제발 살려달라고 애원하는 사슴의 눈 같기도 하고……

아들   나한테 그런 재주가 있는 줄은 몰랐네요……

아빠   아빠 말 명심해서 들으렴. 혹시 너도 지금 미샤 같은 생각을 하
        고 있는 거라면 그건 네 착각이야! 엄마랑 난 요즘 둘 다 신경이
        좀 날카로운 것뿐이야…… 요즘 힘든 일이 좀 많았잖니, 할아
        버지도 편찮으시고……

아들   (말을 가로막으며) 할아버지는 벌써 다 나았잖아요……

아빠   ……그래, 어쨌든 엄마와 아빠 사이는 아무 이상도 없어. 아무

문제도 없다구, 알겠니? 그리고 우리는 절대로, 이런 말은 굳이 할 필요도 없다만, 네가 미샤 얘기를 해서 하는 거야. 우리는 절대로 이혼 같은 거 안 한다. 그런 건 꿈에도 생각해본 적 없어. 그러니까 그런 걱정은 안 해도 돼. 알았니?

아들 (망설이며) 네, 알았어요. 난 그냥 아빠가 엄마랑 같이 안 나간 다고 해서…… 그리고 엄마가……

아빠 어쩌면 이 아빠도 혼자 생각할 시간이 좀 필요한지도 모르겠구 나…… 반복되는 일상에서 벗어나서 말이다. (문이 닫히는 소리) 어, 저건 무슨 소리지?

아들 문 닫는 소리잖아요.

아빠 그건 나도 알아! 내 말은 방금 누가 나간 거냐구?

아들 누구긴 누구겠어요! 우리집에 손님이 왔던 것도 아닌데. 그리 고 아빠랑 난 여기 있잖아요.

아빠 요런 맹랑한 녀석! 네 엄마가 어딜 나가는 거지? 이렇게 늦 게……?

아들 그건 나도 모르죠. 언제 나한테 얘기나 하나요?

아빠 어디 가까운 데 편지라도 부치러 갔나?

아들 그건 아닐걸요.

아빠 어째서 아니라는 거냐?

아들 엄마가 전화하는 걸 들었거든요.

아빠 누구랑?

아들 글쎄, 옛날에 알고 지내던 사람 같던데……

아빠 그 남자가 틀림없어!…… 그래, 네 엄마가 그 사람이랑 오늘밤
에 만나기로 약속이라도 했다는 거냐?

아들 글쎄요. 어쩌면 엄마도 잠시 생각할 시간이 필요하다고 생각한
건지도 모르죠.

아빠 그 입 좀 못 다물겠니? 도대체 어떻게 된 거 아냐? 이 야심한 밤
에 나한테 한마디 말도 없이 외출을 하다니!

아들 이제 엄마 심정을 이해하겠죠?

아빠 아빠 말하는데 끼여들지 마! 네 의견을 물어본 게 아니니까. 도
대체 내 스카프는 어디 있는 거야. 이런, 벌써 너무 늦었잖아.
네 엄마 들어오거든 오늘밤에 나 기다리지 말고 먼저 자라고 해
라. 오늘밤에…… 아, 아니다, 그만둬라. 두고 보면 알겠지. (혼
잣말로) 어떻게 이럴 수가 있지?

아들 아빠, 왜 그렇게 화를 내세요? 엄마랑 아빠 정말 아무 문제 없
는 거죠……?

우리가 모두 영웅이라면

아들　아빠, 찰리가 그러는데요, 걔네 아빠가 전쟁에 영웅은 필요 없다고 했대요!

아빠　(크게 한숨을 쉬며) 찰리 아빠가 하는 얘기마다 다 내게 전해주고 싶다면 적어도 제대로 전달해야 하는 것 아니니. 찰리 아빠는 아마 '전쟁을 하지 않으면 영웅도 없다'고 말했을 거다. 내 말이 맞지?

아들　아뇨, 내가 맞아요. 똑똑히 들은걸요!

아빠　그럼 정말로 전쟁에 영웅이 필요 없다고 했단 말이냐? 그럼 전쟁에서 필요한 게 겁쟁이나 바보 멍청이, 몽유병자, 뭐 그런 사람이라는 거냐, 응?

아들　찰리 아빠가 그러는데 영웅이란 원래 위험한 일도 망설이지 않고 하는 사람이래요. 하지만 전쟁에서는 무조건 위에서 시키는 대로만 해야 하잖아요!

아빠   그렇긴 하다만, 전쟁에서는 용감한 행동을 할 기회도, 희생 정신을 발휘할 기회도 훨씬 많단 말이야. 내가 지금 이런 얘길 대체 왜 하는 거지? 가장 좋은 건, 전쟁이 일어나지 않는 거야. 그렇다면 영웅에 대해서 얘기할 필요도 없을 테고.

아들   바로 그거예요. 찰리 아빠는 이 세상이 제대로 되려면, 평화적으로 말이에요, 영웅이 많이 필요하다고 했어요!

아빠   아하, 그러니까 가두 시위에서 경찰관들한테 돌이나 던지는 그런 영웅들 말이냐? 안 되겠다, 찰리 아빠가 너한테 계속 그런 얘기를 하면……

아들   흥분하지 마세요, 아빠. 그런 게 아니에요!

아빠   그럼?

아들   사실 누구나 다 영웅이 될 수 있어요.

아빠   누구나?! 전 국민이 다 영웅이란 말이냐? 그분은 무서운 게 없나보지?

아들   아빠 아직도 영웅이 어떤 사람인지 이해를 못 한 거예요!

아빠   그래? 그럼 어디 한번 얘기해보렴.

아들   진정한 영웅은 자기가 위험해질 줄 알면서도 다른 사람을 도와주는 사람이에요!

아빠 아하, 그렇구나! 그럼 엄마 아빠한테 혼날 걸 알면서도 엄마가
구운 과자를 친구들에게 몽땅 나눠준 너도 영웅이겠구나. 그래
서 아빠한테 훈장이라도 받고 싶은 거냐?

아들 진지하게 얘기 안 하면 내 방으로 갈래요.

아빠 너 지금 아빨 위협하는 거니? 그럼 도대체 누가 영웅이라는 거
야? 어디 한번 들어보자꾸나. 혹시 나도 영웅이 될 수 있을지
누가 아니?

아들 가능성이 아주 없는 건 아니에요.

아빠 그래. 넌 날 꼭 영웅으로 만들고 싶은 모양이구나!

아들 네.

아빠 이제 스무고갠 그만 하고 속 시원히 얘길 좀 해봐!

아들 (약간 망설이며) 예를 들면, 우리가 쓰던 차를 산 그 아저씨한
테 전화해서 브레이크에 조금 문제가 있다고 얘기하는 거예요.
그것 때문에 그 아저씨가 죽을지도 모르잖아요.

아빠 (격분하며) 너 지금 대체 무슨 소릴 하는 거니? 그 브레이크는
아무 문제도 없어! 아주 정상이라구. 날씨가 더울 때 가끔 작동
이 좀 느려지는 거말고는 말이다! 그 정도는 그 사람도 벌써 다
알아차렸을 거야. 어쨌든 생명에 영향을 미칠 정도는 아니야.
미친 사람처럼 난폭하게 차를 몰지만 않는다면 말이다. 앞으로
는 제발 너랑 상관없는 일에 끼여들지 말아라, 알았니?

아들   (다독거리듯이) 그냥 예를 들자면 그렇다는 거예요!

아빠   그렇다면 아주 형편없는 예였어!

아들   뭐, 어쨌든…… 찰리 아빠는 다른 예를 들었어요.

아들   나도 그랬길 바란다.

아빠   그러니까, 사람들은 너무 비겁해서 자기 상관한테 솔직하지 못
        하대요.

아들   뭘 솔직하게 말해야 한다는 거냐?

아빠   찰리 아빠가 어떤 여자한테서 들은 얘긴데요, 병원에서 그 여
        자 다리를 잘랐대요. 그렇게까지 할 필요가 없었는데 말예요.

아빠   본론만 얘기해! 환자의 다리 부위 어딘가를 수술해야 하는데
        의사가 그게 어디인지 정확하게 몰라서 다리를 아예 싹둑 잘라
        버렸다거나 뭐 그런 얘기는 아니겠지? 찰리 아빠는 애들 앞에
        서 너무 똑똑한 척하는 것 같단 말야……

아들   수술할 곳을 모르는 게 아니라 수술할 필요가 없었다니까요.
        두 다리 다 그냥 낫게 할 수 있었대요.

아빠   누가 그래?

아들   다른 의사들이요. 나중에 그 여자 변호사한테 그랬대요.

아빠   그렇다면 최소한 손해 배상은 받을 수 있겠구나.

아들   그런데 아니래요. 아무도 판사 앞에서 그 말을 안 하려고 했대
        요. 수술했던 의사가 의사들 중에서 제일 높은 사람이었거든

요.

아빠 흠, 그렇다면 좀 어렵겠는걸. 아무리 실력 있는 의사라 해도 사람인 이상 실수는 할 수 있겠지만……

아들 어쨌든 인정할 건 인정해야잖아요. 안 그러면 그 여잔 돈을 한 푼도 못 받는데요!

아빠 그래, 네 말이 맞다.

아들 그런데 그 의사는 안 그랬대요. 나쁜 소문이 날까봐 겁이 나서요. 그리고 다른 의사들도 모두 겁쟁이라서 그 여자를 안 도와주려고 한대요!

아빠 애야, 아빠에게서 어떤 답을 기대하진 말아라. 내가 직접 보고 들은 게 아니라서 뭐라고 말할 수가 없겠구나.

아들 찰리 아빠가 그러는데요, 우리나라엔 이제 용감한 사람이 없대요. 모두들 진실을 말하면 자기한테 해가 될 거라고 생각하니까요.

아빠 모든 일을 그렇게 다 일반화시키는 건 위험하다고 아빠가 몇 번이나 말했니? 우리나라엔 아직 정직한 사람들이 많이 있어.

아들 건설회사에서 일하는 찰리 누나 친구가 그러는데요, 거래하는 사람들끼리 몰래 돈을 주고받는 걸 뻔히 알면서도 다들 모른 척한대요!

아빠 그 친구도 그중 하나겠지!

아들 증거가 없어서 아무 말 못했대요. 그리고 증거가 있는 사람들은 무서워서 가만히 있구요.

아빠 그럴 만도 하지. 결코 쉬운 일은 아니야. 직장 동료를 신고한다는 게…… 까딱하다간 그 사람들 모두 빵에 가게 될 테니……

아들 감옥요.

아빠 그래, 그거……

아들 저더러는 빵이라고 하지 말라고 했잖아요.

아빠 (못 들은 척 얼버무린다) 어쨌든 그런 일을 하려면 각오를 단단히 해야 해.

아들 네. 그리고 우리에게 필요한 건 바로 그런 사람들이라고 찰리 아빠가 그랬어요!

아빠 그래, 용기 있는 사람들이 더 많다면 좋겠지.

아들 찰리가 그러는데 판사 앞에서 진실을 말하는 사람들이 더 많다면 마약 문제도 더 쉽게 해결될 거래요.

아빠 자기 목숨까지 걸어가면서 말이지?! 마약 조직들은 결코 용서란 걸 모른다구!

아들 그러니까 진짜 영웅이죠. 다른 사람들을 위해서 자기 목숨까지 희생하니까요.

아빠 그럼 어디 너부터 시작해보지 그러니! 항상 진실만 말하고 무슨 일이든 앞장서고 자신의 이익은 전혀 생각하지 않는 그런 아들을 두는 것도 나쁘진 않을 것 같구나. 그러니 노력해보렴.

아들　(생각에 잠긴 듯) 흠……

아빠　아니면 넌 벌써 영웅인데 내가 몰라본 거냐?

아들　저도 잘 모르겠어요. 어쨌든 찰리는 두 달 동안 용돈을 못 받게 됐대요……

아빠　(얼른 말을 받아서) 왜?

아들　찰리 아빠가 찰리 말을 안 믿었어요. 포르노 잡지를 찰리가 샀다고 생각하거든요.

아빠　뭐라구?! 너의 그 순진한 찰리가 정말로 그런 짓을 했다면 앞으로 절대 같이 놀지 못하게 할 테다! 어디 두고 보렴! (혼잣말로) 내 그럴 줄 알았다니까! (찰리에게) 두 달 동안 용돈을 못 받는다구? 그애가 저지른 짓에 비하면 벌이 너무 가벼운 거 아니냐?

아들　(아주 차분하게) 그런데 다시 용돈 받을 수 있게 됐어요.

아빠　뭐? 왜? 찰리 아빠가 더 효과적인 벌을 생각해냈니?

아들　아뇨, 내가 진실을 말했거든요.

아빠　진실?

아들　그거, 사실은…… 내가 아빠 서재에서 찾아낸 거였거든요……

선물의 효용

아들   아빠, 찰리가 그러는데요, 걔네 누나가 어떤 선물은 사람들을 오히려 화나게 한다고 했대요!

아빠   그애는 뭐든지 다 일반화하는 경향이 있구나! 사람들이 다 그런 게 아니라 그애가 그런 거겠지, 안 그러냐?

아들   아빠 그런 적 없어요?

아빠   때로 선물에 실망할 수는 있겠지. 하지만 화가 난다는 건 좀 그렇구나. 선물이란 건 내 맘에 들도록 요구할 수 있는 게 아니잖니.

아들   바로 그래서 화가 나는 거예요! 그리고 아빠도 선물 때문에 화내신 적 있잖아요. 루시 고모가 다이어트 책 사줬을 때요.

아빠   그건 정말 유치한 생각이었어. 우선 루시 고모가 나보다 뚱뚱

하잖니, 그것도 훨씬 더!…… 그리고 그 다이어트 책으로 뭘 어쩌란 말이냐, 도대체. 내가 요리를 하는 것도 아닌데.

아들   그건 그래도 삼등급에 속하는 선물이에요.

아빠   찰리 누나는 선물에도 등급을 매기니? 그게 혹시 가격 차이냐?

아들   아뇨, 그건 아니구요.

아빠   그럼?

아들   기쁜 정도에 따라서요. 잘 들어보세요. 첫번째가 제일 좋은 선물이에요. 주는 사람의 정성이 담긴 선물요. 그런 선물은 오래 간직되죠.

아빠   퍽이나 감동적이구나……

아들   두번째는요, 주는 사람은 좋은 뜻이었는데 받는 사람은 별로인 그런 선물이에요. 그런 선물은 바꾼대요, 가능하면!

아빠   선물을 준 사람 마음에는 전혀 안 드는 그런 선물로 말이지!

아들   그건 왜요?

아빠   아빠 경험이야.

아들   나한테는 아빠가 사준 물건은 아무것도 못 바꾸게 했잖아요.

아빠   아직 너한테는 내 발언권이 유효하다는 게 천만다행이지.

아들   아, 알았다…… 엄마한테 사줬던 밍크 목도리 얘기죠?

아빠   ……

아들   그치만 엄마가 바꿔온 까만 가죽 재킷은 정말 멋있어요!

아빠　네 엄마가 이십대냐, 그런 걸 입게?…… 그 얘긴 그만두자.

아들　바꿀 수 있으면 그게 더 낫잖아요. 아예 안 쓰고 처박아두는 것
보단! 후고 삼촌이 선물한 편지용 칼처럼 말예요. 그런데 아빠
그거 어떡했어요?

아빠　어쩌긴, 그냥 서랍에 있지.

아들　바로 그런 선물이 세번째예요. 그런 선물은 필요한 사람한테
주는 게 제일 좋대요.

아빠　내가 그걸로 뭘 하든 넌 상관하지 않았으면 좋겠구나.

아들　그냥 그렇다구요. 세번째 선물은 별로 나쁜 선물은 아닌데 그
렇다고 딱히 필요하지도 않은 물건들이에요. 아니면 자기 취향
이 아니거나. 그치만 다른 사람한테 혹시 필요할지도 모르니까
그런 사람한테 주는 게 나아요.

아빠　누군가에게서 받은 선물을 다른 사람에게 주는 건 준 사람에 대
한 예의가 아니지.

아들　그래도 기분은 좋잖아요!

아빠　다른 사람한테 준다며?

아들　다른 사람한테 주는 것도 기분좋은 일이잖아요!

아빠　그렇지만 개인적인 선물을 딴 사람한테 주고 그러는 게 아니
야! 준 사람은 그걸 고이 간직하길 바랄 텐데.

아들　혼자만 간직하면 한 사람만 기쁘지만, 다른 사람한테 주면 그

사람까지 기뻐하니까 더 좋잖아요. 선물 하나로 많은 사람들을
기쁘게 할 수도 있다구요!

아빠 　새로운 절약 정책이냐? 정말이지, 원……

아들 　찰리 누나가 한번은 술병을 추적해봤대요.

아빠 　뭘 했다고?

아들 　술병을 추적했다구요. 코냑이 든 술병요. 잠깐만요…… 그게
어디서부터 시작됐더라?

아빠 　굳이 기억하려고 애쓰지 말아라. 별로 듣고 싶지도 않으니까.

아들 　처음엔 그러니까, 찰리 아빠가 생일 선물로 코냑 한 병을 선물
받았대요. 물론 찰리 아빠는 굉장히 좋아했구요.

아빠 　너무 기뻐서 단숨에 다 마셔버린 건 아니고?

아들 　아뇨, 사실 코냑은 별로 안 좋아한대요.

아빠 　근데 왜 좋아하셨대냐?

아들 　왜냐하면…… 초대받은 친구 집에 가져갈 적당한 선물을 고르
고 있었다나봐요.

아빠 　아하, 알겠다……

아들 　그런데 그 친구는 의사가 술을 못 마시게 했대요. 그래서 양로
원에 있는 자기 어머니한테 갖다주겠다고 했대요.

아빠 　그럼 그 할머니가 양로원 사람들한테 선심을 쓰셨겠구나.

아들 　아뇨! 할머닌 그 선물을 받고 무척 좋아하면서 평소에 자기한

테 잘해줬던 간호사한테 줄 거라고 했대요. 그리고 그 간호사
는……

아빠 잠깐 잠깐. 더 늦기 전에 한 가지만 물어보자. 찰리 누나는 그런
걸 다 어디서 들었다니?

아들 기다려보세요, 곧 알게 될 거예요. 그 간호사가 바로 찰리 누나
의 친구였던 거예요. 그래서 찰리 집에 놀러 올 때 그 코냑을 선
물할 뻔했대요. 찰리 아빠께요. 정말 안 믿기죠?

아빠 그래, 정말 믿기 어려운 얘기구나……

아들 그러다 결국 딴 사람한테 선물로 줬대요. 늘 자기 차를 고쳐주
던 친절한 정비사한테요.

아빠 혹시 그 정비사도 할아버지가 양로원에 있었던 것 아니냐?

아들 아뇨, 그 정비사 아저씨가 마셨대요!

아빠 후유, 다행이군!

아들 코냑 한 병이 다섯 사람을 기쁘게 한 거예요! 정말 대단하죠?

아빠 난 생각이 좀 다르다만……

아들 세번째 선물도 그러고 보면 그렇게 나쁜 건 아닌 것 같아요, 그
죠? 그치만 네번째 선물도 있어요.

아빠 그건 또 뭐냐?

아들 아주 나쁜 거요. 받자마자 당장 갖다 버리고 싶은 선물들요.

아빠 햐, 요 맹랑한 것들 좀 보게! 언제는 우리 사회의 '일회용' 문화

가 어쩌구저쩌구 하면서 열을 올리더니 지금은 또 선물을 버리
고 싶다구?

아들　선물이 너무 어처구니없는 건데 그럼 어떡해요?

아빠　찰리 누나가 어처구니없다고 생각하는 것들이 선물을 준 사람
한테는 어쩌면 은밀한 마음의 고백일지도 모르잖아!

아들　맥주 마시면서 벌거벗은 여자의 가슴을 만지는 게 아빠한테는
은밀한 마음의 고백이에요?

아빠　그건 또 무슨 소리냐?

아들　정말이에요! 어떤 또라이가 찰리 누나한테 맥주잔 두 개를 선
물했는데 하나는 벌거벗은 남자 그림이고 또하나는 벌거벗은
여자 그림이었대요. 그리고 맥주를 다 마시면 손이 꼭 여자의
가슴 위에 놓이게 돼 있대요. 그림에 있는 여자 가슴요.

아빠　그건 어린 여자애한테 어울리는 선물은 아닌 것 같구나. 남자
들끼리 모인 술자리에서라면 또 모를까…… 그런 자리에는 가
끔 그런 웃기는 물건들을 갖고 오는 사람들이 있거든.

아들　찰리 누나는 당장 그걸 갖다 버렸대요. 그리고 의사에 관한 농
담이 적힌 책두요.

아빠　자기 선물 자기가 맘대로 한다는데 누가 뭐라겠니……

아들　찰리 누나는 다른 사람을 약올리려고 일부러 그런 이상한 물건
을 선물하는 건 정말 나쁘대요.

아빠　그래, 네가 무슨 말을 하려는 건지 알아들었다. 하지만 그런 사소한 걸로 세상이 변할 거라고 생각한다면……

아들　아빠라면 그런 선물 받으면 다른 사람한테 줄 거예요?

아빠　난 내가 받은 선물을 다른 사람에게 주지 않아. 내가 선물을 할 때도 항상 신중하게 고르고…… 왜 아빨 그런 눈으로 쳐다보는 거냐? 너 혹시 내가 준 선물 다른 사람한테 준 거 아니냐?

아들　아뇨…… 전 아니에요.

아빠　그럼?

아들　엄마가……

아빠　네 엄마가? 무슨 선물을?

아들　아빠가 선물한 시집이요.

아빠　도대체 이해가 안 되는구나! 그게 얼마나 좋은 시집인데. 네 엄마는 시를 좋아하잖아!

아들　아빠, 혹시 책 안에 보셨어요?

아빠　그냥 훑어보긴 했지. 자세히는 안 읽어봤지만.

아들　내용이 아니라 그 안에 있던 카드 때문이에요.

아빠　무슨 카드 말이냐?

아들　'당신을 연모하는……' 이라고 씌어 있던 카드요.

아빠　……그런 카드가 책 안에 있었다고?

아들　네. 그게 아빠 비서의 글씨라고 하던데요.

사과하지 마세요

아들   아빠, 찰리가 그러는데요, 걔네 아빠가 사과하는 게 문제라고
했대요.

아빠   그건 또 왜? 잘못을 했으면 사과하는 게 당연한 거지.

아들   바로 그게 문제예요. 사과할 이유가 없으니까요.

아빠   사과를 해야 할지 말아야 할지 애매할 땐 옛말대로 하는 거야.
'넘치는 게 부족한 것보단 낫다!' 그건 그렇고 좀 일어나주겠
니? 내 신문을 깔고 앉았잖아.

아들   아 참, 죄송해요⋯⋯

아빠   (웃으며) 거 봐라, 너도 제대로 잘하잖니. 오래 생각할 필요 없
이 그냥 느낌에 따르면 되는 거야.

아들   아, 방금 내가 죄송하다고 한 거요? 그치만 그건 진심에서 나온

말이 아니잖아요. 그건 무의식적으로 나온 거라구요.

아빠 그건 교육의 결과야. 무의식적으로 나온 게 아니구.

아들 그치만 일부러 그런 것도 아닌데 꼭 사과를 해야 해요?

아빠 일부러 그런 게 아니더라도 할 만하면 해야지. 예를 들어서, 백 킬로도 넘어 보이는 아줌마가 뾰족한 구두굽으로 내 발을 밟았다면 난 아마 꼭 사과를 받고 싶을 거다.

아들 그거야 당연하죠. 아플 테니까.

아빠 네가 내 신문을 깔고 앉았을 때도 마찬가지야. 너 때문에 신문이 다 구겨졌잖니. 그러니까 당연히 사과해야지.

아들 흠…… 좋아요. 그건 그렇다치고 찰리 아빠가 그러는데요, 사람들이 대부분 사과할 이유도 없는데 사과를 한대요! 그리고 진짜 사과를 해야 할 때는 안 하구요!

아빠 그래? 대체 어떨 때 사과를 해야 하고 또 어떨 때 하면 안 된다는 거냐?

아들 사과를 해야 할 때는 안 하고 하면 안 될 때는 한다구요!

아빠 그래, 그건 아까 얘기했잖아. 내 말은 그게 그러니까 어떤 경우냐고.

아들 며칠 전에 아빠랑 베버 아저씨 댁에 뭐 전해주러 갔을 때요, 그때 아줌마가 계속 미안하다고 했었잖아요.

아빠 그래? 난 기억이 안 나는데…… 이유가 뭐였냐?

아들　　청소기가 거실에 나와 있었고, 또 아줌마 옷이 너무 허름하다
　　　　구요.

아빠　　아아, 생각났다. 그거야 뭐 그냥 예의상 하는 소리지……

아들　　하지만 아줌만 우리가 있는 내내 그랬는걸요, 몇 번이나 반복
　　　　해서! 난 아줌마가 참 이상하다고 생각했어요.

아빠　　그건 이상한 게 아니라 그분이 워낙 예의가 발라서 그런 거야!

아들　　하지만 그곳은 아줌마 집이잖아요. 청소기가 좀 나와 있으면
　　　　어때요. 우리가 정식으로 초대를 받아서 간 것도 아니고, 그냥
　　　　불쑥 찾아간 건데……

아빠　　그래, 네 말이 맞다. 베버 부인은 자기 집이 지저분해 보일까봐
　　　　창피했던 거야. 아닌 게 아니라 사다리까지 나와 있더구나.

아들　　하지만 그아줌마는 집이 지저분하다고 한 게 아니라, 미안하다
　　　　고 사과를 했다구요!

아빠　　그래 그래!

아들　　(점점 흥분하며) 그리고 아줌마 옷도 그래요. 그 옷이 오래 된
　　　　옷인지 새옷인지 우리가 어떻게 알겠어요? 아빠 혹시 알았어
　　　　요? 아줌마 옷이 헌옷이란 거?

아빠　　당연히 몰랐지. 그걸 질문이라고 하나? 그건 그냥 베버 부인이
　　　　손님이 올 땔 대비해서 좀더 좋은 옷을 입고 있었으면 좋았을
　　　　텐데, 하는 마음을 표현한 것뿐이야.

아들　　그렇다고 사과까지 할 필요는 없잖아요.

아빠　　물론 그럴 필요는 없지만 또 사과를 한다고 해서 특별히 나쁠
　　　　것도 없잖아?…… 그게 다냐?

아들　　사과하는 게 나쁠 수도 있어요.

아빠　　왜? 그게 언젠데?

아들　　옳은 일을 했을 때요. 옳은 일을 하고도 나중에 사과를 해야 할
　　　　때요. 그건 나빠요!

아빠　　그런 사람이 세상에 어디 있니? 옳은 일을 하고도 사과를 하는
　　　　사람이!

아들　　있어요. 다른 사람이 사과하라고 강요하면요. (잠시 침묵한 후)
　　　　나는 우베를 때렸지만 사과는 안 했어요.

아빠　　뭐??

아들　　사실 몇 대 때리지도 않았어요. 그런데 우베가 하필 의자에서
　　　　떨어지는 바람에 과학 선생님이 눈치를 채서……

아빠　　아니, 수업중에 그랬단 말이냐?

아들　　어쩔 수가 없었어요. 어쨌든 선생님이 저더러 우베한테 사과하
　　　　라고 했지만, 그 선생님은 진짜 선생님이 아니라 보조교사였어
　　　　요.

아빠　　그건 중요하지 않아! 그래서? 어떻게 했지?

아들　　아빠 내가 왜 우베를 때렸는지는 궁금하지도 않아요?

아빠   그건 알고 싶지도 않아. 특히 지금은!

아들   우베가 또 레오를 흉내냈단 말예요. 레오는 가끔 얼굴을 찡긋
거리거든요. 얼굴 근육에 문제가 좀 있대요. 근데 아이들이 그
것 때문에 놀리거나 하면 그게 더 심해져요!

아빠   그렇다면 우베가 잘못했구나. 하지만 말로 타이를 순 없었니?

아들   몇 번이나 그래봤지만 소용이 없었어요. 도무지 말이 먹혀야
죠.

아빠   흠, 그래서 넌 끝까지 사과를 안 했단 말이지? 그래서 어떻게
됐니?

아들   교장 선생님께 불려갔어요.

아빠   맙소사……

아들   교장 선생님은 우선 우베더러 레오한테 사과하라고 했어요. 그
리고 다른 건 그 다음에 생각해보자고 했구요.

아빠   참 놀라운 분이구나. 하지만 앞으로도 모든 일이 그렇게 순조
롭게 풀릴 거라고는 생각하지 말아라! 다음에 또 이런 일이 생
기면 꼭 사과해야 해, 알겠지?

아들   할아버지도 양로원 원장한테 사과 안 했는걸요!

아빠   그래, 안 하셨지! 얼마나 왕고집이신지! 내가 얼마나 진땀을 뺀
줄 아니?

아들   그건 할아버지가 원했던 게 아니잖아요. 할아버지는 아빠가 배

신한 거랬어요!

아빠　배신이라고?! 하마터면 다른 양로원을 찾아 헤맬 뻔했는데?

아들　우리집에서 같이 살면 되잖아요.

아빠　그 얘긴 다시 꺼내지 마. 이미 끝난 얘기니까!

아들　할아버지가 틀린 건 아니잖아요. 그 원장은 다른 사람이 돈을 더 많이 내겠다고 하니까 불쌍한 비젠그룬트 할머니를 양로원에서 쫓아내려고 했다구요. 그리고……

아빠　……그 얘긴 이제 그만 하자. 내가 그 일 때문에 속 끓인 걸 생각하면……

아들　할아버지두요. 할아버진 아빠한테 단단히 화가 났어요! 얼마 전에 엄마가 그랬던 것처럼요……

아빠　뭐? 네 엄마가 나한테 화가 났다고?

아들　네, 크뇌들 아저씨랑 아줌마가 우리집에 온 날이요.

아빠　크뇌들이 아니라 크뢰겔이다. 크뢰겔 박사하고 그 사모님.

아들　그날 아빠가 그분들한테 죄송하다고 했잖아요. 엄마가 음식을 너무 조금 준비해서……

아빠　내가 뭐 특별히 성대한 만찬을 기대한 것도 아니잖아! 아무리 그래도 그렇지, 그날은 정말 너무했다구! 나한테 크뢰겔 박사가 얼마나 중요한 사람인지 잘 알면서……

아들　엄마는 무척 속이 상했나봐요. 그날 아빠가 엄마 때문에 사과한 게…… 나중에 엄마한테는 미안하다고도 안 했죠, 그쵸?

아빠 그만 좀 할 수 없겠니? 너한테 이래라저래라 잔소리까지 듣고
싶진 않으니까!

아들 죄송해요. 일부러 그런 건 아니에요……

아빠 고맙구나.

아들 갑자기 생각이 나서……

아빠 나도 그럴 거라고 짐작은 했어!

아들 찰리 아빠는 사람들이 아무것도 아닌 일에 사과를 하는 것 같대
요. 길을 묻거나 라이터를 빌릴 때나 뭐 그럴 때두요.

아빠 그건 모두 문화 시민의 기본 예의야!

아들 그치만 거짓말을 하거나 다른 사람들을 속였을 때는 사과를 안
한다고 하던걸요. 절대로요, 특히 정치가들이요!

아빠 그건 찰리 아빠하고는 아무 상관도 없는 일이야! 그리고 자기
가 판단할 수 있는 문제도 아니고!

아들 그건 왜요? 누구나 다 아는 일인데.

아빠 도대체 뭘 누구나 다 안다는 거냐?

아들 정치가의 선거 공약이 선거 후에 제대로 지켜지는 거 보셨어
요?

아빠 정치를 하다 보면 그럴 수도 있는 거야! 어쩔 수 없는 상황이 생
기기도 하는 거고!

아들   그럼 그럴 땐 국민들한테 사과하나요?

아빠   아니, 그럴 필요는 없지!

아들   약속을 일부러 어긴 건데두요?

너무 착해도 안 돼요

아들 아빠, 찰리가 그러는데요, 걔네 아빠가…… 아빠, 뭐 하세요?

아빠 지난번에 산 토스터 영수증 찾는다…… 아직 서비스 기간이
남았을지도 몰라.

아들 그 토스터요?! 빵이 다 구워져도 위로 안 올라오는……

아빠 그래서 영수증을 찾는 거다.

아들 사실은 엄마가 한 번 떨어뜨렸어요. 그때를 생각하면, 으으윽!
엄마가 잼 위에 앉아 있는 파리를 쫓으려다가 그만 쾅!…… 그
바람에 토스터가 식탁에서 떨어져버렸지 뭐예요!

아빠 그런 일이 있었던 건 몰랐구나. 어차피 상관없어. 근데 아까 하
려던 얘기는 뭐냐?

아들 별거 아니에요, 그냥…… 찰리 아빠가 아이들은 생각처럼 그

렇게 착한 일을 할 수 없다고 해서요.

아빠　세상에 그런 말이 어디 있니? 그럼 아이들은 모두 날개 부러진 천사겠구나! 그런데 대체 누가 너희들이 착한 일을 못 하게 한다는 거냐?

아들　부모님들요.

아빠　나도 혹시 그런 부모에 속하니? 내가 너한테 착한 일을 못 하게 하든?

아들　가끔은요……

아빠　하, 그것 참 재밌구나. 그러니까 내가 가끔 너한테 그런다는 거냐? "사랑하는 아들아, 오늘은 헤르타 고모가 온단다. 하지만 버스 정류장까지 마중 나가거나 짐을 들어줄 생각은 아예 하지 말아라!" 아니면 "앞으로는 할머니께 다시는 편지 쓰지 말아라." 뭐 그렇게?

아들　아이, 그런 거말구요!

아빠　그럼 어떤 거 말이냐.

아들　며칠 전에 알리랑 영어 공부하고 있을 때도 아빠가 그랬잖아요. 그럴 시간 있으면 내 공부나 더 열심히 하라구요.

아빠　그건 네가 너무 지나치니까 그렇지. 학교 갔다 오면 그애 영어 숙제 도와주는 게 아예 일이잖니. 네 공부는 완전히 뒷전이고!

아들　난 그래도 공부 잘하잖아요. 성적도 그 정도면 괜찮구요.

아빠   그래, 하지만 난 앞으로도 네가 계속 그렇게 잘해주길 바라는 거야.

아들   그치만 알리는 영어 때문에 유급해야 할지도 모른다구요.

아빠   그 얘긴 이미 끝난 거 아니니? 한 학기 내내 알리 영어 공부를 봐주는 건 네가 할 일이 아니라구. 그건 선생님이 할 일이야.

아들   선생님도 알리를 도와주라고 했어요.

아빠   그것 참 편한 방법이구나. 놀랍다, 놀라워! 어쨌든 너희 선생님은 너희 반 애들 '모두'에게 그런 거지 너 혼자 그렇게 다 하라고는 안 했을 거다.

아들   알리랑 같이 공부하면 정말 재미있어요! 알리가 처음으로 '미'를 받았다구요!

아빠   그리고 넌 처음으로 '가'를 받았지!

아들   지리였잖아요.

아빠   지리건 뭐건 '가'는 '가'야. 그애 도와준답시고 네 공부는 못한 거야!

아들   그럼 어때요? 어차피 지리는 재미도 없는데……

아빠   지리는 아주 중요한 과목이야. 너도 여행하는 거 좋아하잖아. 그리고, 이다음에 어른이 되면 전세계를 돌아다니면서 구경하고 싶지, 안 그러니?

아들   그래서요? 그때 여기저기 돌아다니면서 직접 보면 되죠 뭐.

아빠 음……

아들 예를 들어 파리에 간다고 해봐요. 그럼 비행기가 거기까지 데
려다줄 거고, 공항에 내리면 거기가 파리란 건 공부 안 해도 알
수 있어요! 그런데 지리 공부가 왜 필요하죠?

아빠 그런 말도 안 되는 억지부리지 말고…… 아, 찾았다! 영수증이
여기 있었구나. (혼자 중얼거린다) 아직 보증 기간이 남았군,
다행이야.

아들 그치만 엄마가 떨어뜨려서 고장난 거잖아요.

아빠 네 엄마한테 직접 물어보마, 어떻게 된 건지. 하지만 튼튼한 물
건이라면 그 정도 충격은 충분히 견딜 수 있어야 해. 꽤 비싼 거
였다구.

아들 내가 손목시계 떨어뜨려서 고장났을 땐 용돈 모아서 다시 사라
고 했잖아요. 기계 잘못이 아니라서 교환할 수 없다고.

아빠 아빠가 다 알아서 할 테니 넌 가만 있어. 그건 그렇고 꼴이 대체
그게 뭐냐? 그 스웨터는 못 보던 건데, 어디서 났니?

아들 바꿨어요.

아빠 바꿨어? 뭐랑?

아들 두꺼운 회색……

아빠 뭐?? 그 비싼 노르웨이 산 스웨터랑? 빌리 삼촌이 오슬로에서
직접 사온 거였잖아! 너 정신이 어떻게 된 거 아니냐?

아들   아뇨! 난 그렇게 두꺼운 스웨터는 필요 없어요. 그리고 털 달린
        점퍼도 있고. 그치만 사비네는 추워서 만날······

아빠   사비네? 사비네라면 그······ 아이 많은 이상한 집의 큰딸 말이
        냐?

아들   아이가 여덟이에요. 근데 모두 제대로 된 겨울옷이 하나도 없
        어요.

아빠   감당도 못 하면서 웬 애는 그렇게 많이 낳아선······ 정말 창피
        한 일이야. 어쨌든 내일 당장 네 스웨터를 찾아오는 거다, 알았
        지?!

아들   그건 안 돼요.

아빠   아빠가 시키면 시키는 대로 하는 거야!

아들   그래도 안 돼요! 사비네 오빠가 수학여행 가면서 그 스웨터를
        입고 갔거든요.

아빠   갈수록 태산이로구나! 자기 오빠한테 또 빌려줬다구? 착하기
        도 하구나!

아들   정말 그래요. 자기도 추워서 오돌오돌 떨면서······

아빠   아예 다른 스웨터까지 갖다주지 그랬니?

아들   찰리가 자기 걸 줬어요.

아빠   둘이 아주 손발이 척척 맞는구나! 찰리 아빠는 그래서 뭐라고
        했다더냐?

아들 찰리가 그러는데, 걔네 아빠는 자기가 하는 일에 스스로 책임
질 수만 있다면 괜찮다고 했대요. 찰리는 이제 새 스웨터를 사
달라고 조를 수가 없어요. 무슨 일이든지 대가가 따르기 마련
이래요!

아빠 그건 옳은 말이군!

아들 그럼 내 다른 스웨터도……

아빠 더이상은 안 돼!! 결국 그 대가는 이 아빠가 치러야 할 테니까.

아들 왜요? 새 스웨터 사달라고 안 하면 되잖아요!

아빠 하지만 난 네가 그런 누더기 같은 옷 입고 있는 꼴은 도저히 못
보겠다! (작은 소리로) 차이가 나도 정도가 있지.

아들 이 옷이 어때서요?! 좋기만 한데!

아빠 네 맘에 들고 안 들고는 상관없어. 그 문젠 이따가 다시 얘기하
기로 하자. 저기 엄마가 오는구나. 어서 나가서 장바구니 좀 들
어줘라.

아들 (작은 소리로) 어쨌든 스웨터는 돌려달라고 안 할 거예요……

아빠 뭐라고? 빨리 엄마한테 안 가볼 거냐?

아들 지금 나가요!! (볼멘 소리로) 역시 찰리 아빠 말씀이 옳아. 애
들이 착한 일을 할 수 있는 건 공짜일 때뿐이라니까!!
(아들, 현관문을 소리나게 닫고 나간다)

허락된 놀이

아들 　아빠, 찰리가 그러는데요, 걔네 아빠가 사람들이 애들을 도대체 어떻게 키우는 건지 정말 모르겠다고 했대요.

아빠 　어떻게 키우긴? 당연히 착하고 말 잘 듣는 애로 키우지, 부모님 속 안 썩이는.

아들 　그치만 그렇게 되긴 어려울 거예요……

아빠 　왜?

아들 　아이들한테 온통 폭력적인 장난감만 주니까요.

아빠 　세상에 어느 부모가 아이들한테 폭력적인 장난감을 준다는 거냐?

아들 　다들 그래요. 그런 개똥 같은 장난감들이 많이 안 팔렸으면 그거 만든 회사들은 벌써 망했을 거예요!

아빠   어떤 개…… (아이 말을 무심코 따라하려다가 버럭 화를 낸다)
내가 그런 말 쓰지 말라고 몇 번이나 말했니?

아들   그럼 교수대 놀이에, 사람 뼈 모양 방망이, 관 같은 장난감을 도
대체 뭐라고 불러요?

아빠   그런 장난감들이 정말 있단 말이지?

아들   그렇다니까요. 텔레비전 광고도 하는걸요. 왔다갔다하는 도끼
에 뼈를 더 많이 찍어서 부러뜨리는 사람이 이기는 게임이에
요. 이번 크리스마스에 나올 거래요!

아빠   그건 좀 심하구나! 하지만 안 사면 그만이잖니. 누가 억지로 사
라고 하는 것도 아니고. 게다가 성탄절 선물로…… 대체 어떤
부모가 성탄절에 아이들한테 그런 걸 선물하겠니?

아들   찰리가 그러는데요, 걔네 아빠가 그런 것말고 원격조종 전투기
나 진짜로 불이 발사되는 탱크 같은 걸 선물하는 부모도 있다고
했대요.

아빠   그건 좀 다른 문제인 것 같구나.

아들   왜요?

아빠   잘 들어봐. 교수대 같은 건 아주 오랜 옛날에나 사용했지 지금
은 있지도 않아. 그런 건 당연히 아이들이 갖고 놀기에 적당한
장난감이 아니지.

아들   그럼 탱크는 괜찮구요?

아빠   내 의견을 묻는다면 난 물론 반대야. 하지만 어쨌든 그건 실제로 존재하는 것들이고, 어른들 세계에 존재하는 거라면 어떤 방식으로든 아이들의 세계에 영향을 미치게 되는 법이지……

(잠시 침묵)

아들   그럼 아이들이 차에 치이는 놀이도 만들 수 있겠네요! 그리고 관, 시체, 휠체어……

아빠   (말을 가로막으며) 그만두지 못하겠니? 넌 어떻게 생각이 그런 쪽으로만 돌아가냐?

아들   아빠가 현실에 존재하는 건 모두 장난감이 될 수 있다고 했잖아요!

아빠   꼭 그런 뜻은 아니었어! 난 지금 실제로 있는 무기류 얘길 한 거야.

아들   그치만 내 생각엔 장난감 무기가 더 나쁜 것 같아요. 사고는 일부러 내는 게 아니지만 탱크 같은 건……

아빠   (말을 가로막으며) 무기는 꼭 다른 나라를 공격하는 데만 사용하는 것은 아니야. 너도 알잖니, 전쟁이 일어나는 걸 막기 위해서도 무기가 필요하다는 걸.

아들   그런데 아이들은 왜 무기를 갖고 놀아도 되는 거예요?

아빠   누가 그래도 된다고 했니? 난 그렇게 말한 적 없어!

아들   그런데 장난감 탱크나 장난감 기관총 같은 걸 왜 파는 거냐구

요?

아빠   우리나라 같은 자본주의 시장경제 사회에서는 누가 어떤 물건을 만들어 팔든지 함부로 막을 수가 없어.

아들   그럼 아이들을 위한 미니 마약 상자를 만들어도 되겠네요! 작은 주사기랑 히로뽕이랑……

아빠   제발 억지 좀 부리지 마. 아이들에게 해가 되는 물건을 만드는 건 법으로 금지되어 있다구!

아들   그럼 탱크는 해가 안 된단 말예요?

아빠   그래. 그런 점에선 원격 소방차나 원격 탱크나 별 차이가 없어.

아들   그럼 탱크 대신 장난감 소방차를 주면 되잖아요?

아빠   그건 집에 벌써 있겠지. 애들은 항상 뭔가 다른 것, 새로운 것만 원하잖아!

아들   그래서요?

아빠   '그래서' 라니?

아들   왜 갑자기 애들이 원하는 대로 하려는 거죠? 다른 때는 제대로 듣지도 않으면서!

아빠   나 참, 기가 막혀서! 아무리 그래도 아이들만큼 하고 싶은 대로 다 하면서 사는 사람도 없어!

아들   부모가 원할 때나 그렇죠.

아빠   부모가 원하는 대로 따라주면 그나마 천만다행이지.

아들 그러니까, 부모들은 자기 애들이 전쟁 무기를 갖고 놀길 원한
단 말이죠?!

아빠 하느님, 맙소사! 이제 정말 그만 하자! 아이들은 벌써 수십 년
전부터 병정놀이를 해왔고, 장난감 총을 가지고 놀았어. 캐롤
가사에도 있잖니. 어떻게 시작하더라? (조용히 목소리를 고르
고 음정을 잡는다) ……산타 할아버지 어서 오세요, 어서 선물
보따리를 가지고 오세요…… (갑자기 큰 소리로) 북소리, 피리
소리, 그리고 한 무리의 용사들이 무기를 들고 오네…… 이제
알겠니?

아들 저도 옛날부터 그런 장난감이 있었다는 건 알아요.

아빠 그럼 얘긴 끝났구나.

아들 ……그리고 그 아이들이 자라서 진짜 전쟁을 일으켰다고 찰리
아빠가 그랬어요.

아빠 어릴 때 장난감 총을 갖고 놀았다고 해서 전쟁을 일으키는 건
아니야!

아들 그치만 전쟁은 끊임없이 계속되고 있잖아요. 서로서로 총을 쏴
대고……

아빠 그럴 수밖에 없으니까…… 재미로 그러는 건 아니잖아.

아들 그치만 찰리 아빠 말로는, 어릴 때부터 그런 것에 익숙해지면
커서도 생각 없이 계속하게 된대요!

아빠   그럼 나도 더 늦기 전에 네 버릇을 잡아야겠구나. 내가 묻는 말
      에 대답만 하고 보통 때는 입을 꼭 다물고 있도록 말야.

아들   (끈질기게) 어릴 때는 장난감 놀이로 끝나지만 어른이 되면 진
      짜 그렇게 하게 된대요. 그런 거에 이미 너무 익숙해져서 죄책
      감도 없어지고 폭력성만 늘게 되니까요.

아빠   모두 터무니없는 소리야. 심리학자 중의 한 사람이 내놓은 이
      론일 뿐, 진짜로 증명된 건 아니란 말이야. 전쟁이 일어나길 바
      라는 사람은 아무도 없어. 전쟁의 결과가 얼마나 비참한지는
      모두가 뼈저리게 느끼고 있을 테니까.

아들   아이들은 아직 전쟁을 겪어보지 못했잖아요.

아빠   그렇지만 그애들 부모나 할머니 할아버지들은 달라. 다시는 그
      런 경험을 반복하고 싶지 않을 거다.

아들   그런데 왜 그런 장난감을 사주는 거냐구요!

아빠   아까도 말했잖니. 그건 아이들이 눈에 보이는 거라면 뭐든 다
      가지고 싶어해서라고!

아들   그런 장난감이 아예 없으면 갖고 싶어하지도 않을 거 아니에
      요.

아빠   그것 참 현명한 해결책인 것 같구나.

아들   왜 법으로 금지하지 않을까요?

아빠   아까도 말했지만, 그건 우리 경제가 자율적인 시장법칙에 따라

움직이기 때문이야.

아들 다른 건 뭐든지 다 금지잖아요!

아빠 누가 그러더냐, 모든 게 다 금지라고? 우리나라에선 공중도덕에 위해한 사항들만 제한할 뿐이야.

아들 얼마 전에는 다르게 얘기했잖아요!

아빠 언제?

아들 할머니 집 앞 인도에 주차했다가 주차 위반 딱지 받은 날이요.

아빠 그건 정말 말도 안 되는 거였어. 인도가 그렇게 넓은데 내 차 하나 주차해서 행인들한테 뭐 얼마나 방해가 된다고!

아들 그래서 내가 그랬잖아요. 쓸데없는 금지도 많다고!

아빠 어떤 결정이든 비합리적인 구석은 있게 마련이야!

아들 그럼 바꾸면 되잖아요.

아빠 물론 바꾸기도 하지만 거기에도 한계가 있지. 그건 그러니까…… 옷하고 같은 거야. 여기저기 하나씩 뜯어고치다 보면 결국 전체가 다 엉망이 되는 수가 있거든. 국가도 마찬가지야.

아들 장난감 무기가 없어지면 국가가 엉망이 된다구요?

아빠 장난감 무기를 금지하는 법이라니! 그런 건 비교가 안 돼.

아들 좋아요. 그럼 내 생일에도 탱크 사주세요!

아빠 그럼 뭐가 달라지는데?

아들 아무것도 달라지지 않아요. 그치만 내가 그걸 사면 적어도 한 사람은 그걸 못 살 테니까요!

아빠	그런 일이라면 네가 직접 벌어서 사렴.

아들	아니면 백화점에 가서 모조리 다 고장내버릴까요?

아빠	뭐라고? 나더러 그걸 다 물어주란 말이냐? 어림없어!

아들	찰리는 더 좋은 수가 있대요. 둘이 같이 장난감 무기를 파는 상점에 가서 팻말을 들고 서 있자는 거예요. 팻말에다 그 개똥 같은 물건들을 다른 좋은 물건들하고 바꿀 수 있는 곳을 써서요!

아빠	그래, 어디 맘대로들 해보렴! 단 일 초도 못 버티고 주인한테 쫓겨나고 말 테니!

아들	왜요? 우리가 나쁜 짓을 한 것도 아닌데?

아빠	그건 영업 방해야!

아들	그러려고 하는 건데요, 뭐.

아빠	그건 법으로 금지되어 있어!

아들	정말 놀라워요.

아빠	뭐가?

아들	좋은 건 금지고 나쁜 건 다 허락되는 게요!

정직하게 사는 연습

아들   아빠, 찰리가 그러는데요, 걔네 아빠가 우리나라 사람들은 전부 유리로 만든 집에서 사는 것 같다고 그랬대요.

아빠   흠, 그랬단 말이지. 그런데 지금 내 눈에는 벽도 보이고 탁 트인 정원도 보이는구나.

아들   찰리 아빠 말은, 그러니까 돌을 던져서는 안 된다는 거예요.

아빠   돌을 던져서라도 자기 의견을 관철시키려는 건 바람직하지 않아. 근데 대체 요점이 뭐냐?

아들   '유리로 만든 집에 살면서 돌을 던져서는 안 된다' (다른 사람의 잘못이라고 해서 함부로 비난해서는 안 된다는 뜻―옮긴이)는 말도 있잖아요.

아빠   나도 그 속담 얘기인 줄 벌써 짐작했다!

아들   어쨌든 찰리 아빠가 그러는데, 요즘 사람들은 내 것 남의 것을 구분할 줄 모른대요.

아빠   사람들 '모두' 말이냐? 그 사람, 또 자기 주변 사람들 얘기를 우리나라 국민 전체 얘기인 듯 확대 해석하는구나! 내가 아는 사람들은 전부 자기 것과 남의 것을 아주 철저히 구분할 줄 아는 걸. 너도 그걸 분명히 알았으면 좋겠구나!

아들   그렇다면 그건 정말 대단한 우연인걸요?

아빠   그건 우연이 아니라 주변 환경에 따라 달라지는 거야. 유유상종이지 뭐!

아들   그럼 아빠 친구들은 모두 첫번째에 속하는 사람들인가봐요.

아빠   첫번째라니?

아들   찰리 아빠가 어떤 통계에서 봤는데요, 우리나라에서 두 사람 중 한 명이 도둑질을 한대요.

아빠   세상에! 도저히 믿을 수가 없구나. 통계학자들이 그런 엄청난 말을 했다니! 혹시 소수점을 잘못 찍은 건 아니니? 두 명에 한 명 꼴이라구?! 이백 명에 한 명이라면 또 모를까…… 그것도 적은 숫자는 아닌데!

아들   분명히 두 명에 한 명이에요.

아빠   아무래도 난 믿을 수가 없구나! 너도 생각을 좀 해보렴. 만약 그게 정말이라면 감옥이 지금의 몇 배는 있어야 하는 거 아니니?

아들 왜요? 그 사람들은 감옥에 안 가는데……

아빠 그럼 그렇지! 그 통계라는 거, 아마 확실한 근거도 없는 추측일 거야.

아들 도둑이라고 꼭 백화점에서 물건을 훔치거나 길 가는 사람의 지갑을 슬쩍하는 사람들만 생각하면 안 돼요.

아빠 그럼 어떤 사람을 생각해야 하는 거냐? 친구가 시킨 맥주를 한 모금 마시는 사람? 아니면 허락도 없이 할머니 간식을 몰래 꺼내먹는 애들?

아들 아뇨. 그치만 공사장에서 몰래 벽돌을 가져오는 사람은 도둑이죠.

아빠 벽돌?

아들 네, 매일 한 개씩 자기 집으로 몰래 가져가는 사람들 있잖아요.

아빠 하하, 그러다간 화장실 하나 만드는 데 십 년은 걸리겠다! 만약 그게 성공한다면 그거야말로 완전범죄겠구나!

아들 아빠, 좀 들어봐요! 아빠가 늘 그랬잖아요. 어떤 일이든 아주 작은 일에서부터 시작된다고, 모든 게 원칙의 문제라고 말이에요! 그러니까 아무리 작은 도둑질이라도 도둑질은 도둑질인 거죠. 그리고 훔친 벽돌로 화장실까진 몰라도 작은 책장 정도는 충분히 만들 수 있다구요. 저도 비슷한 거 하나 만든 적 있지만요……

아빠   넌 그 벽돌 어디서 났니?

아들   걱정 마세요, 재활용 쓰레기장에 버려져 있던 거였어요.

아빠   그랬구나.

아들   아빠 한 번도 도둑질한 적 없어요?

아빠   아니, 한 번도!

아들   어릴 때두요? 옛날에는 어린애들이 이웃집 사과를 훔쳐먹곤
       했다던데요?

아빠   너도 알지만 아빠는 사과를 별로 안 좋아하잖니.

아들   엄마는요? 엄마는 도둑질한 적 있을까요?

아빠   없을 거다. 그건 아빠가 장담하지.

아들   흠…… 그럼 나라도 도둑질을 해야겠네요.

아빠   너 지금 제정신으로 하는 소리냐?

아들   그치만 우리 가족만 해도 벌써 세 명이잖아요. 두 사람 중 하나
       가 도둑질을 한다는데 우리 중에는 한 명도 없으니, 우리 때문
       에 통계가 엉터리가 되잖아요!

아빠   그걸 지금 농담이라고 하는 거냐? 그런 소린 농담으로라도 하
       는 거 아니다. 그래서 내가 그 통계는 근거 없는 억측이라고 하
       지 않았니?

아들   찰리 누나 남자 친구는 필요한 게 있을 때마다 자기가 아는 사
       람들 중에 공장에서 일하는 사람들한테 부탁한대요. 그러면 뭐

든지 다 갖다준다던데요. 전선이나 페인트, 자동차 부품까지두요. 그 사람들은 그게 잘못이라고 생각 안 한대요.

아빠   그러다가 들키면 그때는 그게 얼마나 큰 잘못인지 똑똑히 알게 될 거다!

아들   그렇죠, 들키게 되면요……

아빠   그것도 그거지만, 그 얘기만으로도 찰리와 그 누나 주변 환경이 어떤지 다 알겠구나. 정말 안됐어, 쯧쯧……

아들   그런데 찰리 아빠는요, 잘사는 사람들도 마찬가지라고 했대요. 방법이 좀 달라서 그렇지.

아빠   물론 그렇겠지! 돼지 눈에는 돼지만 보이고 부처 눈에는 부처만 보이는 법이니까! 그건 그러니까, 나쁜 짓을 하는 사람들한텐 나쁜 사람들만 보인다는 말이야.

아들   찰리 아빠가 그러는데요, 회사에 다니는 사람들은 자기 여자친구랑 고급 레스토랑에서 실컷 먹고 마신 다음에 그 영수증을 회사에 제출한대요.

아빠   아하, 판공비로 말이지? 그건 찰리 아빠가 대기업의 복잡한 세금 시스템을 잘 몰라서 오해를 좀 한 것 같구나.

아들   그치만 아빠도 그렇게 말한 적 있잖아요! 사람들이 모두 세금을 덜 내려고 속임수를 쓴다고……

아빠   기억은 잘 안 난다만 그건 분명히 다른 뜻으로 한 말일 거야.

아들   아빠가, 세금을 자기 똥구멍에……

아빠   앞으로 한 번만 더…… 한 번만 더 아빠 애길 엿들었다간 그날
        이 네 제삿날인 줄 알아! 알았어?

아들   난 그냥 아빠도 세금에 대해서 비슷한 애길 했다고 말하려던 것
        뿐이었어요. 아빠가 그랬잖아요, 아빠 회사는 아빠한테 지금
        월급의 두 배는 줘야 한다구요. 아빠가 날조된 세금 계산서를
        찾아내는 탐정 노릇까지 한다고.

아빠   내 일은 내가 잘 알아서 하니까 넌 신경 꺼! 그런 속임수는 이제
        척 보면 다 아니까.

아들   (잠시 있다가) 찰리가 그러는데요, 자기 옆집에 할아버지 한 분
        이 살고 있었는데 교수님이었대요. 그래서 그런지 그 할아버지
        집은 온통 책으로 가득 차 있었대요. 그런데 그 할아버지가 돌
        아가시고 사람들이 가봤더니, 글쎄 책들마다 도서관이나 학교
        도장이 찍혀 있더래요. 빌려놓고는 안 돌려준 거예요!

아빠   대체 얼마나 더 남은 거냐? 그리고 나한테 그런 얘기를 하는 의
        도는 또 뭐고.

아들   찰리 아빠는 범죄를 저지른 사람을 욕하기 전에 먼저 자기 행동
        부터 반성해야 된다고 했어요.

아빠   범죄자들을 욕하고 안 하고는 내 맘이야! 나, 원 참!

아들   맘대로 하세요.

아빠 대단히 고맙구나, 마음이 넓기도 하지!

아들 (공격적으로) 그치만 그 멍청한 베버 아저씨더러 담뱃불 때문에 구멍난 카펫 값은 직접 내라고 하세요!

아빠 그게 무슨 소리냐?

아들 베버 아저씨가 아빠한테 말하는 거 다 들었단 말예요! 내가 한 것처럼 하면 안 되겠냐고. 그러면 내 이름으로 든 보험에서 돈이 나올 테니까.

아빠 네가 뭘 잘못 알고 오해한 것 같구나! 베버 박사가 그런 말을 꺼내긴 했지만…… 그럴 경우엔 그런 식으로 해결하는 게 제일 간단하니까…… 그 카펫이 워낙 비싼 거라서 말이다. 그건 그렇고 기분 전환도 할 겸 잠깐 바람이나 쐬러 나갔다 오는 건 어떠냐?

아들 어차피 나갔다 와야 해요. 준비물을 사야 하거든요. 만원만 주세요.

아빠 만원이나?! 좀 많은 거 아니냐? 뭐에 쓸 건데?

아들 우선 색종이가 필요하구요, 요즘 종이접기를 배우고 있거든요. 그리고 풀 한 통이랑 공작용 가위도 사야 해요. 슈뢰더 선생님이 그러는데 공작용 가위가 좀 비싸대요. 집에 있는 건 엄마가 늘 쓰는 거니까 안 되구요.

아빠 그거 모두 언제까지 사야 하는 거냐?

아들 잠깐만요, 내일…… 아니, 내일은 미술 시간이 없고, 모레요.
      그치만 내일은 그걸 사러 갈 시간이 없어요.

아빠 살 필요 없다. 내일까지 모두 마련해주마.

아들 지금 가서 사면 돼요.

아빠 그럴 필요 없대두! 아빠한테 맡겨둬. 아빠가 잊어버리지 않게
      내일 아침에 한 번만 더 얘기해다오.

아들 가위는 이십 센티미터 이상이면 안 돼요. 잘못해서 다른 사람
      눈이라도 찌르면 큰일이니까!

아빠 일이 센티미터 정도 차이야 괜찮겠지. 어디 한번 보자. 어떻게
      구할 수 있는 방법이 없는지…… 왜? 더 필요한 거라도 있냐?

아들 아뇨, 그냥 좀 놀라서요.

아빠 뭐가 말이냐?

아들 아빠가 두 사람 중에 한 사람이 도둑질을 한다는 통계를 못 믿
      겠다고 한 게요!

우리에겐 너무 비싸!

아들   아빠, 찰리가 그러는데요, 걔네 할아버지가……

아빠   (한숨을 내쉬며) 이젠 걔네 할아버지냐!

아들   그치만 우리 할아버지도 똑같은 얘길 한걸요?

아빠   그럼 왜 네 할아버지 얘길 안 하고 찰리 할아버지 얘기만 하는 거냐?

아들   왜냐하면, 찰리 할아버지가 먼저 그 얘길 했거든요. 그치만 우리 할아버지도 그렇게 얘기했어요.

아빠   그 말은 벌써 했어. 그래, 두 할아버지가 무슨 말씀을 하시든?

아들   '경제 성장'에 관한 거요. 할아버지는 숫자랑 그런 게 모두 지어낸 거래요.

아빠   그래?! 그렇게 말씀하셨단 말이지! 혹시 할아버지들 머리가 조금 이상해진 거 아니냐?

아들   아빠, 할아버지한테 어떻게 그렇게 말할 수 있어요? 저도 이다음에 써먹어야겠네요!

아빠   어디 그러기만 해봐라! 난 그런 소리 들을 짓은 아예 안 해. 그리고 내가 방금 한 말도 할아버지가 했다는 그 말에만 해당되는 거였고. 세상에 숫자보다 더 객관적인 게 어디 있는 줄 아니? 숫자가 경제 성장을 나타냈다면 그건 진짜 성장한 거야!

아들   그치만 국민들한테 모든 숫자들을 다 보여주는 건 아니잖아요. 누가 알겠어요, 성장말고 또 뭐가 더 증가했는지…… 그리고 찰리 아빠가 그러는데……

아빠   다시 그 찰리 아빠로 돌아온 거냐?

아들   네. 찰리 아빠도 할아버지랑 같은 생각이거든요.

아빠   그래? 그건 너도 좀 보고 배워야겠구나!

아들   아빠랑 할아버지는요? 생각이 같은 적이 있었어요? 어땠어요?

아빠   그 얘긴 관두고 하던 얘기나 하자. 어디까지 했지?

아들   찰리 아빠가 '경제가 성장했다' 는 게 정말로 우리가 발전하고 있는 건 아니라고 했다구요. 왜냐하면 거기에는 온갖 더러운 것들까지 다 포함되어 있으니까요.

아빠   그건 더러운 게 아니야. 온 국민들이 열심히, 그리고 정직하게 일한 결과지!

아들	국민들이 그 더러운 것들 때문에 열심히 일한단 말이에요?

아빠	아무래도 네가 말하는 그 '더러운 것들'에 대해 정의가 필요한 것 같구나.

아들	'더러운 것들'이란, 그러니까 교통 사고나 호텔에 불이 나는 것, 또 강에 유독 물질을 몰래 흘려 보내거나, 또……

아빠	……됐다, 됐어. 뭔지 알겠어. 그래서 그게 어쨌다는 거냐?

아들	말했잖아요! 그런 일들이 생기면 그걸 처리하기 위해서 또 많은 사람들이 필요하다구요. 그리고 그 사람들은 그 일의 대가로 돈을 받구요. 그게 모두 국민생성에 반영이 된대요.

아빠	국민총생산이야!

아들	어쨌든 찰리 할아버지가 그랬어요. 사고가 많이 나면 날수록 수리도 그만큼 많이 해야 한다구요. 너무 비생산적이라는 거죠. 그런데 그게 모두 '성장'으로 팔리는 거래요!

아빠	'팔리긴' 뭐가 팔려. 그건 모두 통계학상의 수치일 뿐이야.

아들	그리고 만약 엄마 같은 주부가 요즘 먹거리들이 너무 오염되어서 뭘 먹고사나 걱정하느라 밤새 한숨도 못 자면……

아빠	……그러다가 새로운 요리책을 살 테고, 덕분에 서점이 돈을 번다 이거냐?

아들	소도 병들고 우유도 치즈도 다 오염되었는데 새로운 요리책이 무슨 소용이에요? 아니요, 잠이 안 오니까 심리 치료를 받으러 가죠!

아빠 심리 치료사도 오염된 우유는 어쩔 수 없어!

아들 그건 그렇지만 어쨌든 돈은 벌잖아요. 그러면 그것도 수리수리 마수리 펑! 하고 성장 수치에 들어가는 거예요.

아빠 그래, 수리수리 마수리 펑! 네가 하는 얘기들이야말로 전부 마술 같구나! 통계에서 나쁜 것들만 그렇게 쏙쏙 골라내다니!

아들 진짜 나쁜 건 아직 얘기하지도 않았어요.

아빠 어휴!

아들 보기만 해도 토할 것 같은 징그러운 영화들이 점점 많아지고 있잖아요. 사람을 산 채로 토막내거나 또……

아빠 ……나도 그런 영화 싫어하는 건 너도 잘 알잖아? 도대체 하고 싶은 얘기가 뭐냐?

아들 아빠가 그런 영화 좋아한다고 한 적 없어요! 그치만 그런 영화를 보는 사람들이 점점 많아진대요. 그러니까 성장 곡선이 올라가고, 그러면 정부도 좋아하고……

아빠 정부는 그런 현상을 조금도 반기지 않아! 그리고 네가 말한 그런 부정적인 예들이 국민총생산에서 차지하는 비율도 극히 일부이고!

아들 그치만 찰리 할아버지는……

아빠　……자, 이젠 네가 한번 잘 들어봐라. 꼬치꼬치 따지고 캐묻길 좋아하는 애들이 어떻게 경제 성장에 일조하는지 얘기해줄 테니. 그런 애들이 말도 안 되는 질문으로 자기 아빠를 못살게 굴면 그애 아빠 괴로워서 술이 필요할 거야. 그게 계속 반복되면 자꾸자꾸 술을 사야 하고, 그러면 국민총생산이 증가하게 되지. 알겠니?

아들　정말 좋은 예네요, 정말이에요! 그러고 보니 할아버지도 비슷한 얘기를 했어요. 알코올 중독자가 점점 더 늘어나서 술 만드는 공장들이 아주 좋아한다구요. 그것도 성장은 성장이죠!

아빠　정부도 몇몇 사람들이 생산품을 악용하는 것까지 다 막을 수는 없어! 그리고 너처럼 그렇게 바람직하지 못한, 불건전한…… 어쨌든 그런 예만 가려내서도 안 되고!

아들　일본 사람들은 그렇게 한대요.

아빠　뭘 말이냐?

아들　일본 사람들은 정말 나쁜 것들은 걸러낸대요.

아빠　예를 들어서 어떤 거 말이냐?

아들　할아버지가 책에서 봤는데, 일본에서는 환경을 해치는 요소나 원료는 다 뺀대요. 그리고 그건 총생산이라고 안 부른대요.

아빠　그럼?

아들　……순, 뭐라더라…… 순, 사회 상태? 아니다! 상태가 아니라

‘복지’라고 한댔어요. ‘순사회복지’요.

아빠 그래? 일본에선 총생산 대신 순생산으로 계산하나보지. 그래 서? 그 둘의 차이가 대체 뭐냐?

아들 통계가 달라지잖아요. 우리처럼 통계가 그렇게 희망적이지 않 다구요.

아빠 그건 순 억지야! 일본도 우리나라처럼 공포영화 제작 같은 걸 경제 성장에 포함시킬 거야! 그리고 일본의 정종이나 뭐 그런 것도 다 그 안에 들어 있을 거고. 일본 애긴 그만 하자! 어쨌든 일본 통계에도 그런 ‘더러운 것들’이 다 포함되어 있어!

아들 (어이없는 표정으로) 정 그렇게 생각하고 싶다면 뭐…… 우리 랑 똑같나보죠.

아빠 그건 누구도 바꿀 수 없는 사실이야! 아무리 슬퍼도 어쩔 수 없 다구! 뭐든 대가를 치러야 하는 거야. 그러니까, 경제 성장도 그만한 대가 없이는 불가능하단 말이다!

아들 찰리 할아버지도 그렇게 애기했어요.

아빠 거 봐!

아들 아뇨, 아빠가 며칠 전에 엄마가 새로 산 외투 보고 한마디 했잖 아요. 그 말이랑 똑같이 애기했다구요. 정말 신기하지 않아요?

아빠 엄마 새 외투를 보고 내가 뭐랬는데?

아들 “좋긴 하지만 너무 비싼 것 같아!” 그랬잖아요.

그곳엔 누가 사나?

아들   아빠, 찰리가 그러는데요, 걔네 누나가 집들이 진짜 중요한 건
비껴간다고 했대요!

아빠   (시큰둥하게) 그럼 집을 어디 다른 집 마당 한가운데 짓기라도
해야 한다는 거냐? 아니면 산 중턱이나 지하도 같은 데?

아들   아이, 아빠, 신문 좀 저리 치우고 내 말 좀 들어봐요!

아빠   뭐, 신문을 치우라고? 찰리 누나의 그 말도 안 되는 소리를 들
으려고?

아들   말도 안 되는 게 아니에요. 그 사람들은 정말 집을 지을 때 중요
한 건 비껴간단 말예요!

아빠   그 사람들이라니, 그게 누구냐?

아들   집 짓는 사람들이요.

아빠   아, 건축업자! 그런데 그 사람들이 뭘 비껴가며 집을 짓는다는
거냐?

아들   사람들이 진짜 원하는 거요.

아빠   이번엔 또 어떤 사람들인데?

아들   그 집에 살아야 하는 사람들이요.

아빠   살아야만 하다니? 누구도 자기가 살 집을 강요당하진 않아.

아들   그치만 집이 너무 적잖아요. 그래서 그 사람들은 다른 곳에 가
고 싶어도 갈 데가 없다구요.

아빠   바로 그거야! 그러니까 너무 까다롭게 굴면 안 되지. 찰리 누나
는 도대체 어떤 집을 원한다더냐? 혹시 욕조가 두 개씩 있는 욕
실을 바라는 건 아니니? 친구랑 나란히 욕조에 누워 쉬지 않고
수다를 떨 수 있도록 말이다.

아들   아뇨. 그치만 방이 좀 넓었으면 좋겠대요. 그리고 더 많이요, 한
대여섯 개쯤요.

아빠   요즘 애들의 요구는 집값보다 빨리 오른다니까! 대여섯 개라
구?! 거실, 식당, 침실, 서재 ─ 물론 책 읽는 걸 좋아한다면 말
이다 ─ 그리고 파티 룸, 그리고 나머지 하나는…… 롤러스케
이트 타는 방이냐?

아들   (진지하게) 애들 방을 빼먹었잖아요.

아빠   아, 그렇지. 미안하다. 애들 방은 물론 특별히 커야겠지? 레고

블록으로 큰 성을 쌓을 수 있을 정도로 말이야. 그런데 혹시 그런 집에 살려면 돈이 얼마나 들지도 생각해봤다더냐?

아들　누나 혼자서 내는 건 아니에요.

아빠　아하, 그럼 그런 사치를 누리기 위해서 부모님의 등골을 더 휘게 만들겠다고?

아들　아뇨, 부모님 말구요!

아빠　그럼 남자친구, 아니 너희들 말로 거 뭐냐, 남친이 대신 그 돈을 내준대냐?

아들　어쩌면 정말 결혼할지도 모르죠, 뭐……

아빠　어쨌든, 찰리 누나 남편이 누가 되건 간에 그렇게 호화로운 집의 집세를 내려면 쉽지는 않겠구나.

아들　그 집에서 단둘이만 살려는 게 아니에요. 여러 사람들이랑 같이 살겠대요.

아빠　아하, 바로 그거였군! 한 집을 여러 세대가 나누겠다! 그것 참 재미있구나. 그럼 늘 같은 남자하고만 살아서 지겨울 일도 없을 테고 말이다.

아들　그게 아니라 더 싸게 살려고 그러는 거예요.

아빠　집세만 해도 벌써 얼만데 뭐가 더 싸다는 거냐?

아들　세탁기도 하나만 있으면 되고 냉장고도 하나, 청소기도 하나, 전부 하나씩만 있으면 되잖아요.

아빠 세입자들이 냄비를 나눠 쓰든 칫솔을 나눠 쓰든 건축업자들은
관심도 없을걸! 집 짓는 데 드는 비용은 어차피 마찬가지일 테
니까!

아들 그렇지 않아요! 작은 집 세 채를 지으면 거기에 부엌도 세 개,
화장실도 세 개를 만들어야 하지만, 큰 집을 하나 지으면 부엌
이나 욕실도 하나씩만 만들면 되잖아요. 필요하면 화장실만 하
나 더 짓고.

아빠 그럼 그 건축업자는 누구랑 계약서를 작성하지? 돈을 받으려
면 세 가족 모두 일일이 쫓아다녀야 하는 거냐?

아들 아빠 왜 그 사람들이 돈도 안 내고 속 썩일 거라는 생각부터 하
세요?

아빠 불을 보듯 뻔하니까.

아들 집을 짓는 덴 많은 상상력이 필요하다고 찰리 누나가 그랬어
요! 그런데 요즘 사람들은, 그러니까 집 짓는 사람들이요, 그
사람들은 상상력이 하나도 없대요. 항상 부부랑 애 하나가 겨
우 들어갈 수 있는 방 두 개짜리 집만 짓잖아요!

아빠 요즘은 젊은 부부가 그렇게 많지 않다는 것만도 큰 비극이야.
거기다가 요즘 젊은 사람들은 시도 때도 없이 동네가 떠나가도
록 시끄럽게 떠들어대니 그보다 더한 비극이 또 어디 있겠니!

아들 왜 꼭 세상이 떠나갈 듯 시끄럽게 할 거라고만 생각하세요? 그

들은 좀더 편하게 살려는 것뿐이라구요. 여러 사람이 같이 살
면 식사 준비나 장 보는 것도 돌아가면서 하고 아이도 서로 봐
주고 얼마나 편한데요.

아빠	그렇게 생각하면 자기들이 직접 지으면 될 것 아니냐. 그럼 축
구팀 가족들이 다 같이 살 수 있는 집도 지을 수 있겠다.

아들	집을 짓고 싶다고 해서 아무나 다 지을 수 있는 게 아니잖아요.
또 땅도 많이 없구요.

아빠	그거야, 뭐……

아들	(아빠의 약점을 찌른다) 그리고 모든 사람들이 부자 이모한테
서 유산을 상속받을 수 있는 것도 아니니까요……

아빠	그건 무슨 뜻이냐?!

아들	아빠가 그랬잖아요, 리사 이모할머니는 참 좋은 때 돌아가셨다
구. 안 그랬으면 우리는 집도 없이……

아빠	얘가 지금 어디서 그런 끔찍한 소릴!…… 누가 들으면 꼭 내
가…… 그때나 지금이나 우린 방이 일곱 개씩 되는 분에 넘치
는 집 같은 건 꿈꿔본 적도 없어! 그저 네가 신선한 공기를 마실
수 있고, 거기다가 자그마한 정원이나 하나 있는 집에서 자랄
수 있었으면 하는 소박한 바람밖에 없었다구!

아들	엄마는 절 돌봐줄 사람이 있었으면 하고 바랐대요. 늘 나 때문
에 꼼짝도 못 하니까.

아빠 그래, 이 기회에 부모가 자식을 위해 어떤 희생을 감내하는지
네가 좀 알았으면 좋겠구나.

아들 그때 할머니랑 같이 살 순 없었어요?

아빠 그러자고 했어도 네 할머닌 거절했을 거야! 할머닌 네가 아기
였을 때까지만 해도 아주 정정하셨거든. 그런 분이 당신의 자
유와 당신만의 공간을 포기했을 리가 없지.

아들 찰리 누나도 그러던데요. 집을 지을 땐 할머니나 할아버지도
같이 살고 싶도록 만들어야 한다고.

아빠 그게 구체적으로 어떤 집이냐?

아들 집 안에 작은 집을 하나 더 만들면 된대요. 거기다가 부엌이랑
욕실도 따로 더 만들구요. 그리고 그 작은 집이랑 큰 집 사이에
는 문을 다는 거예요. 할아버지 할머니는 자식들한테 짐이 되
는 걸 싫어하잖아요. 그리고 또 욕실을 쓰느라 자식들 눈치를
보는 것도 싫어하구요!

아빠 그건 너무 전통적인 방식인걸! 별채 같은 건 옛날에나 유행했
지! 그리고 그 정도 집이면 또 얼마나 비싸겠니?

아들 좀 비싸면 어때요. 어차피 그만큼은 할머니가 낼 텐데요. 할머
닌 지금도 집세를 내고 있잖아요.

아빠 하지만 건축업자들에겐 그만큼 큰 위험 부담이 있어. 그런 집
을 지었다가 안 팔리면 어떡하니, 그럼 완전히 망하는 거지.

아들   찰리 누나가 그러는데, 그런 집을 원하는 사람들은 아주 많대
     요. 꼭 할머니 때문이 아니더라두요. 작은 집이 딸려 있으면 대
     학생한테 세를 주고 가끔 아기를 봐달라고 해도 되잖아요. (갑
     자기 흥분하며) 그리고 아이들이 좀 크면 아이들에게 작은 집
     을 주면 되죠. 그러면 부모님이랑 사이가 좀 안 좋아져도 딴 곳
     으로 이사 갈 필요도 없구요.

아빠   그것 참 멋진 계획이로구나! 밤새도록 쿵쾅거리면서 소란 피우
     는 자식한테 한마디했다고 새 집을 요구해?! 그게 그러니까 너
     희들이 주장하는 자아 실현이라는 거냐?

아들   너무 흥분하지 마세요, 아빠! 찰리 누나는 지금 친구랑 같이 살
     아요. 그리고 집세도 양로원에서 아르바이트 한 돈으로 직접
     낸단 말예요.

아빠   독립해서 살려고 청소부 일까지 한단 말이지. 대학에서 열심히
     공부하는 줄 알았더니! 뭐, 어차피 나랑은 상관없는 일이니까!

아들   물론 학교도 다녀요! 누나가 그러는데, 큰 집에 딸려 있는 작은
     집은 그런 식으로 계속 하면 된대요. 나중에 학생들이 나가면
     자기 아이들한테 주고 또……

아빠   그래, 둘 중에 한쪽은 아주 토라져서 말이지?

아들   토라지다니요, 왜요?

아빠   아, 그만두자. 이게 다 허공에다 성 쌓기지. 어차피 그런 일엔

아무도 신경 안 쓸 텐데……

아들　왜요? 필요성을 느끼는 사람들이 있는데두요?

아빠　필요성이라니! 아무튼 요즘 사람들은 자기 생각만 한다니까!
그것도 병이야, 병!

아들　아빠도 좋은 집에 살고 싶어했잖아요!

아빠　내 경우엔 필요성이 아니라 가능성이었어. 그게 가능했기 때문
에 그렇게 한 거라구!

아들　리사 이모할머니가 돌아가셨으니까요……

아빠　리사 이모가 아니었어도 나 혼자서 해냈을 거야! 물론 시간이
야 좀더 오래 걸렸을 테지. 또 지금처럼 풍족하지도 못했을 테
고…… 너도 마찬가지야. 네가 원하는 것들도 지금처럼 다 못
해줬을걸!

아들　그럼 아빤 필요한 게 하나도 없단 말예요?

아빠　필요한 거야 물론 있지. 예를 들어, 지금 이 순간 너한테서 벗어
나는 것 같은 거 말이다!

아들　우리집에도 별채가 있었더라면 좋았을 거예요.

아빠　널 위해서 말이냐?

아들　아뇨, 내가 아니라 할아버지를 위해서요. 할아버진 절 귀찮아
한 적이 한 번도 없거든요! 할아버지는 내가 싫다고 할 때까지
놀아준다구요.

아빠   그럼 할아버지한테 가서 실컷 얘기하렴.

아들   매일 양로원까지 왔다갔다할 순 없잖아요.

아빠   사시는 곳이 거기니 어쩔 수 없지.

아들   거기 꼭 살아야 하는 건 아니잖아요!

아빠   그건 무슨 뜻이냐?

아들   내 말은 그냥…… 아빠도 이 집 살 때 우리 가족의 필요성이랑
        은 상관없이 지은 것 같아서요!

우울한 주제

아들   아빠, 찰리가 그러는데요, 걔네 누나가……

아빠   (비꼬는 투로) 요즘 왜 그애 얘기를 안 하나 했더니 드디어 오늘 듣게 되는구나! 그렇잖아도 너무 잠잠해서 무슨 일이라도 난 줄 알았다!

아들   내 얘기 들으면 아마 걱정이 더 늘어날걸요!

아빠   설마 그럴 리가……

아들   진짜예요. 찰리 누나가요, 우리나라 애들은 아예 이 세상에 없는 게 차라리 나을 거래요.

아빠   너 방금 한 말 다시 한번 해볼래? 천천히, 또박또박!

아들   좋아요. 찰리 누나가 그러는데요, 우리나라 애들은 이 세상에 없는…… 아니, 아직 없는 게 나을 거라고 했다구요!

아빠 이 세상에 없다는 건 안 태어났다는 뜻이냐?

아들 네, 맞아요. 누나는 애들이 아직 태아일 때……

아빠 '태아' 라고? 나 참……

아들 어쨌든 아이가 아직 엄마 뱃속에 있을 땐 깨지기 쉬운 유리처럼 조심스럽게 다룬대요. 아무도 아이한테 나쁜 짓을 못 한대요.

아빠 그 말엔 아무런 이견이 있을 수가 없지, 그렇지 않니?

아들 네, 그건 그렇죠. 단지 찰리 누나는, 그 쬐그만 거에는 조금만 이상한 일이 있어도 다들 난리가 나면서……

아빠 (아들의 말을 가로막고 화난 목소리로) 너 그게 무슨 말버릇이냐? 아빠가 말 함부로 하지 말라고 몇 번이나 일렀니?

아들 알았으니까 진정하세요. 다시 말하면 되잖아요…… 아무도 태아한테 손을 못 대게 하면서 막상 아이가 태어나면 그 다음부터는 아무도 신경을 안 쓴대요.

아빠 아무도 신경을 안 쓴다구? 내 참, 기가 막혀서! 애 하나에 온 식구가 얼마나 매달리는지도 모르면서. 안 그러면 삼사 일도 못 살걸? 너도 한번 생각해봐. 지금의 네가 있기까지 네 엄마 아빠가 얼마나 신경을 쓰고 고생했나. 그건 아마 짐작도 못 할 거다. 숫자로 따지면 아마 거의 천문학적인 숫자가 나올걸?

아들 물론 엄마 아빠처럼 부모님이 정상이라면 애들을 잘 돌보겠죠. 하지만 옛날에 찰리가 살던 동네에는요, 돌보기 귀찮을 때면 애들을 방에 가두는 부모님들이 있었대요. 애들이 울면 막 때리기까지 했대요. 그런데도 이웃 사람들은 모두 모른 척했다는 거예요!

아빠   나중에라도 분명 누군가 그애들을 구해줬을 거야. 지금은 그 사람들 거기 안 살지?

아들   네.

아빠   그것 봐라. 분명히 청소년 보호단체에서 손을 썼을 거야. 다행히도 우리나라에는 그럴 때를 대비한 법이 있으니까. 부모가 자기 애들을 제대로 키울 자격이 없을 땐 그 부모에게서 양육권을 박탈하고 아이들은 양부모에게 입양되거나 고아원으로 가게 되지.

아들   아이들한테 그게 잘된 건가요?

아빠   꼭 잘됐다고 할 순 없지만 그래도 부모의 폭력에서는 벗어날 수 있잖니. 그리고 다행인 건 그런 경우는 아주 극소수에 불과하다는 거야.

아들   그렇지 않아요! 극소수가 아니라구요. 찰리 누나가 신문에서 봤는데, 우리나라에만 육백 명의 아이들이 매년 부모 손에 죽는대요. 아빠, 육백 명이라구요! 거기다가 부모한테 매를 맞고 사는 애들도 수천 명이래요!

아빠   그건 정말 듣기만 해도 끔찍한 소리구나. 그 숫자가 정말 맞다면 말이야.

아들 틀림없어요. 아빠가 못 믿겠다면 내가 찰리 누나한테……

아빠 믿어, 믿는다니까.

아들 신문에는 아이들이 실제로 더 끔찍한 일들을 많이 당한다고 나
와 있었어요. 우리가 눈치를 못 채는 것뿐이래요. 그리고 설사
눈치를 챘다 해도, 그러니까, 예를 들어서 이웃집 아이가 매일
우는 소릴 들어도 모두들 모른 척한대요.

아빠 이 아빨 왜 그런 원망스런 눈초리로 보는 거냐? 나도 마찬가지
야. 그런 일은 정말 끔찍하게 생각한다구. 하지만 어쩌겠니? 부
모가 제 자식 알아서 키우겠다는데…… 어느 부모가 제 자식한
테 무슨 짓을 하든 그걸 다른 사람이 막을 방법은 없어. 절망적
으로 들리겠지만 그게 현실이야.

아들 그전에는 마음대로 하면 안 되구요?

아빠 그전이라니?

아들 아이들이 태어나기 전 말예요. 찰리 누나가 그러는데, 자기 아
이들을 그렇게 패는 부모들은 대부분 처음부터 애를 원하지 않
았을 거래요. 그런데도 어쩔 수 없이 애를 낳은 거라구요. 왜냐
하면, 국가가 아직 안 태어난 애들한테 너무 신경을 많이 쓰니
까요!

아빠 나 원 세상에, 애들이 태어나기도 전에 그 아이가 제 부모에게

사랑받을지 아닐지 그걸 어떻게 알겠니?

아들 그건 아빠 말이 맞아요. 미리 알 순 없죠. 그치만 예측할 순 있잖아요……

아빠 어떻게 말이냐?

아들 그거야 쉽죠. 처음부터 아이를 원하지 않았던 사람이라면 아이가 태어나도 잘해줄 리가 없으니까……

아빠 그건 알 수 없는 일이야. 일단 아이가 태어나면 아이를 원하지 않았던 부모라도 변하게 마련이야. (흥분하며) 그리고 우린 지금 그럴지도 모른다는 가능성이 아니라 어떻게 해야 하는지에 대한 도덕적 원칙에 대해서 얘기해야 하는 거야.

아들 아이가 태어나서 불행해지는 것도 도덕적인가요?

아빠 대부분의 아이들은 불행해지지 않아! 오히려 그 반대지! 대부분의 부모는 부모로서의 도리를 지킨다구!

아들 아닌 것 같은데요. 내가 보기엔 대부분의 부모가 애들을 야단치고 윽박지르고……

아빠 그건 너무 제멋대로 구는 아이들한테도 책임이 있어! 얌전하게만 있어봐라. 어느 부모가 그러겠니.

아들 그래도 소용없어요. 어른들은 자기가 싫어하는 애들에 대해서는 잘 모르니까요.

아빠 그건 또 무슨 소리냐? 무슨 말인지 도무지 모르겠구나!

아들 아빠가 얘기해줬잖아요. 아빠 사무실에서 일하는 사환인가 하
    는 사람요. 아주 멋진 집을 구할 뻔했는데, 그 사람한테 애가 넷
    이나 있다는 소릴 듣고 집주인이 세를 주지 않았다구요. 그애
    들을 본 적도 없으면서!

아빠 그전에 살던 사람들이랑 안 좋은 일이라도 있었나보지, 애들
    문제로 말이다. 애들이 하루 종일 계단을 쿵쾅거리면서 뛰어다
    녔다든가……

아들 그럼 대체 어디서 놀아야 돼요? 놀이터도 별로 없고, 그렇다고
    도로에서 노는 건 너무 위험한데……

아빠 그래, 도로는 정말 위험하지! 도로에서 놀면 절대로 안 돼!

아들 그치만 애들이 어딜 가려면 적어도 도로는 건너야 하잖아요.
    그러다가 차에 치여 죽는 거죠.

아빠 너 지금 소설 쓰냐? 네 애길 들으면 도로에서 길 건너는 애들은
    모조리 다 교통 사고로 죽는 것 같구나!

아들 물론 다 그런 건 아니구요. 하지만 실제로 많이 다치잖아요! 찰
    리 누나가 그 기사를 오려줬는데, 잠깐만요…… (자기 주머니
    를 뒤진다) 누나가 아빠한테 보여주라고……

아빠 그걸 갖고 나더러 뭘 어쩌란 말이냐?

아들 모르겠어요. 아빠가 항상 너무 빨리 차를 모니까……

아빠 정말 보자보자 하니까! 내가 운전을 어떻게 하든 그애가 대체

무슨 상관이냐? 아니, 내가 운전하는 걸 언제 봤다고 이러쿵저러쿵하는 거야?!

아들　아빠가 찰리 집으로 날 데리러 왔을 때 누나도 같이 타고 갔잖아요……

아빠　그애한테 가서 그때 내 차를 얻어탄 게 처음이자 마지막이 될 거라고 전하거라, 꼭!

아들　너무 기분 나빠하진 마세요. 누난 그저 그날 너무 무서웠다고 한 것뿐이에요, 왜냐하면…… 아, 여기 있다!

아빠　(버럭 화를 내며) 난 됐으니까 그 잘난 기사, 너나 실컷 봐!

아들　(아빠 말에 아랑곳하지 않고 소리내서 읽는다) 연간 약 칠만 명의 아이들이 자동차 사고에 희생되고 있다. 그중 23,627명이 심한 중상을 당하며 1,354명이 사망한다…… 1,354명이 죽는대요, 아빠……

아빠　세상에! 애야, 그런 기사는 아직 너 같은 애들이 읽을 거리가 아니야. 그렇다고 어른들이 뭘 어쩌겠니? 애들은 통 조심성이란 게 없어서 수시로 위험에 처하는데. 그리고 옛날에는 아이들이 요즘보다 훨씬 더 많이 죽었어.

아들　왜요?

아빠　대부분은 병 때문이었지. 그때는 지금처럼 약이 흔하질 않았으니까.

아들   그 대신 요즘에는 자동차가 있잖아요……

아빠   이제 그 얘긴 그만 하자! 그래도 자동차 피하는 게 홍역 피하는 것보단 쉽지 않니?

아들   그치만 자동차가 너무 빨리 달리면요? 나도 얼마 전에 크게 다칠 뻔했다구요! 그것도 횡단보도에서요. 차가 안 서고 그냥 달리더라구요.

아빠   그러길래 아빠가 횡단보도라고 해서 너무 안심하면 안 된다고 그랬잖아. 어차피 제대로 듣지도 않는데 내가 뭐 하러 매번 이렇게 입 아프게 떠들어대는지 모르겠구나.

아들   아빠도 운전자들이 애들 목숨 같은 건 전혀 상관 안 한다고 생각하는 거죠?

아빠   그건 애들이 어른에 비해서 눈에 잘 안 띄니까……

아들   찰리가 그러는데, 걔네 누나가 그건 모두 성격 문제라고 했대요. 성격이 나쁜 운전자들은 다른 사람을 배려할 줄도 모르고 과격하고 그렇대요. 그런 사람들은 아예 운전을 못 하게 해야 한대요!

아빠   운전자의 성격이 나쁜지 아닌지는 어떻게 판별하지? 그애가 그 방법도 얘기하더냐, 응? 그게 아니라면 그런 황당한 소린 그만 해라!

아들   그럼 아무것도 할 수가 없다는 거네요.

아빠 애들한테 항상 조심하라고 하는 수밖에 없지.

아들 찰리 누나가 그러는데, 애들은 원래 조심성이 없대요. 그러니까 애들이죠.

아빠 물론 운전자들도 조심해야지.

아들 그리고 천천히 달려야죠, 그죠?

아빠 그건 별 해결책이 못 돼. 필요 이상으로 천천히 달리면 오히려 신경만 더 예민해진다구.

아들 그럼 애들은 계속 차에 치어 죽을 수밖에 없네요.

아빠 (한숨을 쉬며) 내가 말을 말아야지……

아들 난 그냥…… 애들이 태어났을 때 보호해주지 못할 거면 애들이 태어나기 전에도 그렇게 보호할 필요가 없다는 얘길 하고 싶었을 뿐이에요.

아빠 그건 말이 안 돼. (차분하게 아이를 설득하려고 노력한다) 안타깝게도 세상에는 늘 불행한 경우들이 있었어. 또 앞으로도 오래 살지 못하고 죽는 아이들이 있을 거야. 그러니까 그럴수록 아이들을 더 많이 낳아야지.

아들 예비용으로요?

아빠 그런 표현은 적당하지 않은 것 같구나. 이제 이런 우울한 주제는 그만 끝내자.

아들 네, 알았어요.

(아빠와 아들, 한동안 말이 없다)

아빠   너 갑자기 왜 그렇게 멍하게 앉아 있니? 어디 아프냐?

아들   그냥 생각 좀 하느라구요……

아빠   뭐에 대해서 말이냐?

아들   엄마 아빠가 나도 혹시 예비용으로 낳은 건 아닌가 해서요……

명예라는 것

아들 아빠, 찰리가 그러는데요, 걔네 누나가 그 사람들은 명예란 말
을 쓸 자격이 없다고 그랬대요!

아빠 (건성으로) 뭘 쓸 자격이 없다고?

아들 명예요!

아빠 명예? 찰리 누나가 명예란 말에도 그렇게 냉정할 수 있다는 건
별로 놀라운 일은 아닌 것 같구나!

아들 거기서 뭘 느껴야 하나요?

아빠 그애가 명예에 대해 어떻게 생각하든 내 알 바는 아니다만, 세
상에는 명예란 말에 가슴 뭉클해지는 사람과 명예가 뭔지도 모
르는 사람, 그렇게 두 부류가 있단다.

아들 누나도 뭔가 느껴지긴 한대요. 음, 사람들이 명예 포드라고 부

르는 것들이 귀신 씨나락 까먹는 소리 같다던걸요!

아빠 포드가 아니라 코드야, 명예 코드! 그애는 그렇게 기본적인 외국어도 하나 모르니?!

아들 내가 착각했나봐요, 아빠. 어쩐지 이상하다 했더니……

아빠 다른 사람 앞에서 실수 안 한 게 천만다행이구나.

아들 그 정도는 뭐 괜찮아요. 훨씬 심한 일로 창피를 당한 사람들도 많은데요 뭐. 그 명예 코드라는 것 때문에.

아빠 그게 어떤 일인데?

아들 도대체 인간 같지도 않은 사람들을 존경하고 받들다가 그렇게 됐다고 그러던데요. 찰리 누나가요.

아빠 말도 안 돼. '인간 같지도 않은 사람들'이 존경을 받는다고?

아들 그치만 진짜예요! 찰리 누나가 그러는데, 어떤 독재자가 우리 나라를 방문했을 때 시끌벅적한 행사까지 벌였대요. 거기다 유명한 사람들도 많이 참석했다는 거예요.

아빠 다른 나라의 국가 원수를, 그게 독재자든 누구든 간에, 국빈 대접하는 건 그저 국가 차원의 예식이야. 그런 걸 너무 심각하게 받아들여선 안 돼.

아들 그럼 왜 그 예식인가 뭔가 하는 걸 그만두지 않는 거예요? 독재자의 미움을 안 사려구요?

아빠 그게 아니야. 그건 국가의 중요한 손님을 위한 국제적인 관례야. 우리나라만 예외적으로 행동할 순 없는 거라구!

아들 누구든 먼저 시작을 해야죠. 그렇게 되면 다른 나라들도 더 좋아할지 누가 알아요? 억지로 하던 일을 더이상 안 해도 되니까요.

아빠 그거야 알 수 없지. 하지만 우리나라가 그런 일을 하는 최초의 국가가 되진 않을 거다, 절대로! 그렇게 되면……

아들 찰리 누나가 그러는데, 군대도 마찬가지래요. 명예랑은 아무 상관이 없대요. 군인들은 왜 상관들이 지나가면 하루에도 몇 번씩 차렷! 경례! 한다잖아요.

아빠 그애가 군대에서 일어나는 일들을 개혁할 수 있는 입장은 아닌 것 같은데?! (혼잣말로) 도대체 군대에 대해 뭘 안다고 이러쿵저러쿵하는 거야?!

아들 이러쿵저러쿵하는 게 아니라 그냥 그렇게 생각한다는 것뿐이에요.

아빠 그애가 그런 일에 대해 정말로 진지하게 생각해봤다면 그렇게 겉모습만 보고 함부로 이야기하진 않을 거다. 그리고 사람들에게서 명예심이라는 게 아예 사라져버린다면 세상 꼴이 어떻게 될까도 한번 생각해봐야지!

아들 그런 게 사람들한테 어떤 의미가 있는데요?

아빠 그건 간단하게 설명할 수 있는 문제가 아니란다.

아들 근데 명예욕은 또 뭐예요? 명예에 너무 욕심이 많아서 자기 혼
자 다 차지하려는 거예요?

아빠 그게 아니란 건 너도 잘 알지?

아들 잘 모르겠어요! 그러니까 설명해줘요!

아빠 으이그, 정말 피곤하게 만드는구나…… 명예욕이란, 그러니까
간단히 말해서 나무랄 데 없는 인생을 살고 싶은 마음이라고 할
수 있지……

아들 (아빠를 재촉하며) ……그래서요?

아빠 ……그러니까 자기 가족들이나 자기 스스로에게, 특히 일에 있
어 한치의 오점도 남기지 않으려 노력하는 거지. 그런 걸 구체
적으로 직업적인 명예라고 하지.

아들 '장교의 명예' 라는 말은 들어봤지만……

아빠 '장교의 명예' 는 그래서 더욱 중요한 개념이지. 장교들이야말
로 다른 누구보다 일반인들의 모범이 되어야 하니까.

아들 그건 선생님도 마찬가지예요. 정치가도 그렇구요. 아빠가 그랬
잖아요. 아빠도 모범이 되어야 하고 또 엄마도……

아빠 ……그래, 네 말이 맞다! 그런 식으로 따지자면 사실 모든 사람
들이 모범이 되어야지.

아들 그럼 선생님의 명예나 아버지의 명예, 어머니의 명예도 있어
요?

아빠	그런 말을 아직 못 들어본 것 같구나.

아들	(장난기 어린 말투로) 아, 또하나 생각났다. 사기꾼의 명예!

아빠	(벌컥 화를 내며) 그건 명예라는 말하고는 안 어울리는 말이야! 사기꾼이나 도둑은 스스로 시민의 명예를 저버린 사람들이라구!

아들	그치만 목숨을 잃는 것보단 명예를 잃는 게 낫죠, 그쵸?

아빠	(심각하게) 요즘 사람들은 그런지 모르겠지만 옛날에는 좀 달랐어. 특히 장교들은 명예를 잃으면 스스로 목숨을 끊기도 했지.

아들	장교들이 왜 명예를 잃었는데요? 명령을 잘못 내려서 부하들이 다 죽기라도 했나요?

아빠	물론 그런 경우도 있겠지.

아들	찰리 누나가 그러는데, 2차 세계대전 때 잘못된 명령 때문에 부하들이 몽땅 다 죽은 적이 있었대요. 그런데도 그때 장교들은 아직 다 살아 있다던데요?!

아빠	그런 사람도 있고 그렇지 않은 사람도 있어! 특히 하사관들의 희생이 컸지.

아들	그때 살아남은 사람들은 명예를 별로 소중하게 생각하지 않았나보죠?

아빠	그건 나도 모르겠다! 도대체가 끝이 없군……

아들 명예란 게 이랬다저랬다 너무 제멋대로니까 그렇죠. 찰리 누나 말로는 남자들이 거기에 가기 위해서 다 꾸민 얘기일 거래요.

아빠 '거기'라니, 어디 말이냐?

아들 남자들이 '명예의 전장(戰場)'이라고 부르는 곳이요, 죽기 위해서.

아빠 '명예의 전장'은 옛말이야. 요즘 그렇게 부르는 사람은 아무도 없어! 그앤 겨우 생각한다는 게……

아들 그럼 요즘은 군대 가는 게 명예랑 전혀 상관없단 말예요?

아빠 ……군대 얘긴 이제 그만 하자! 너랑은 상관없는 얘기잖니! 사람들에게 무엇이 중요한가 하는 건 지극히 사적인 문제야.

아들 어디든지 공짜로 들어갈 수 있으니까 그런 거죠?

아빠 그건 또 무슨 얘기냐?

아들 그렇잖아요. 명예 회원을 위한 특별카드만 봐도……

아빠 더이상은 못 참겠다……

아들 (열정적으로) 찰리네 친척 아저씨도 더이상은 못 참겠다고 했대요! 그 아저씨가 작은 소극장을 하나 가지고 있는데요, 소위 '높은' 사람들이 오면 싫어도 어쩔 수 없이 초대권을 내줘야 한대요. 무료 초대권 말예요.

아빠 그런 말은 나도 들었다!

아들 그런 사람들이 극장에 공짜로 들어오는 게 너무 화가 난대요.

그런 사람들은 안 그래도 부자잖아요!

아빠 그게 그렇게 화가 나면 초대권을 안 주면 될 거 아니냐! 누가 억지로 강요하는 것도 아닌데.

아들 그치만 그 사람들이 원하니까……(잠시 침묵) '명예' 라는 말만 붙어도 돈을 많이 아낄 수 있겠어요, 그쵸?

아빠 꼭 그런 건 아냐! '명예' 란 이름이 붙은 직업들을 한번 생각해 보렴! 그런 사람들은 남들이랑 똑같이 일하고도 보수는 하나도 안 받아! 오로지 명예를 위해서 일하지!

아들 그럼…… 원래 명예는 '아무것도 아니' 라는 거예요?

아빠 명예가 뭔지 전혀 모르는 사람들한테는 명예가 아무것도 아닌 것처럼 생각될 수도 있겠지! 하지만 대다수의 사람들은 다행히도 아직까지는 명예를 아주 소중하게 여긴단다!

아들 찰리 누나가 어떤 사람들은 명예를 잃을 수도 없대요. 처음부터 그런 게 없는 사람들이니까요.

아빠 (분개하며) 아직 어린 주제에 도대체 뭘 안다고! 제대로 알지도 못하면서 다른 사람의 명예를 함부로 깎아내릴 순 없어.

아들 깎아내린다구요? 그게 몸 어디에 붙어 있는 거예요? 내 말은 그러니까, 깎았다 붙였다 할 수 있는 거냐구요!

아빠 그런 싱거운 소리나 하려거든 그만두자! 아빠가 딱 한 가지만 더 얘기하마. 다른 사람들로부터 '명예로운 남자' 라는 칭찬을 듣는 건 최대의 찬사란다, 알았니?

아들 그럼 명예로운 숙녀란 것도 있나요? 그런 건 없어요?

아빠 물론 그런 말을 쓸 수도 있겠지만 일반적으로는 쓰지 않지. 왜 그런지는 나도 잘 모르겠다만……

아들 어쩌면 여자들은 명예가 아무것도 아니란 걸 옛날부터 알고 있어서 그런 건 아닐까요?

아빠 그건 아닐 거다. 한 여성의 명예는 사회적으로 그 무엇보다 더 높이 평가받곤 하니까.

아들 누구로부터요?

아빠 그야 남자들로부터지! (헛기침을 한다) 내 말은, 그러니까 남자들은 언제나 자기 아내가 좋은 명성을 얻길 바란다는 말이야.

아들 좋은 명성이 어떤 건데요?

아빠 보통 흠잡을 데 없이 몸가짐이 바르고 정숙할 때 좋은 명성을 얻지.

아들 그렇다고 정말 사람들의 험담을 피할 수 있을까요? 게르다 이모도 나쁜 소문 때문에 한참 고생했잖아요. 사람들이 게르다 이모가 터키 사람들한테 세를 준 이유가 수상하다면서……

아빠 ……그래, 게르다 이모는 입방아 찧기 좋아하는 이웃들 때문에 한동안 정말 애를 먹었지. 결국 무고죄로 소송까지 걸었잖니.

아들 그런 소송은 명예로운 행동인가요?

아빠 그렇진 않지만 지금은 네게 설명하고 싶지 않구나. 대화 끝!

아들 아빠, 딱 하나만 더 물어볼게요. 지금 막 무슨 생각이 떠올랐거
든요.

아빠 해봐……

아들 사람들이 '명예' 란 말은 잊어버리고 그냥 바르게 살려고 노력
하면 안 되는 걸까요?

재미가 있어야지!

아들   아빠, 찰리가 그러는데요, 걔네 누나가 학교는 재밌어야만 한다고 했대요!

아빠   '재미있어야 한다' 구? '재미있어도 된다' 거나 '재미있을 수도 있다' 라면 모를까, 재미있어야 한다니……

아들   진짜 그렇게 말했단 말예요. 재미없는 공부는 노동이래요. 근데 애들은 법적으로 일하면 안 되잖아요!

아빠   역시 그애다운 독특한 발상이로구나! 어떻게 그런 생각을 할 수 있는지 도저히 이해가 안 돼……

아들   내가 보기엔 아주 논리적인데요?

아빠   너한테야 그렇게 들릴 수도 있겠지. 하지만 그건 논리적인 게 아니야! 노동이 아니라고 반드시 재미있으란 법도 없으니까!

아들   그게 아니면요? 그럼 공부가 지겨워야 하나요?

아빠   아예 수면제처럼 졸리는 거라고 하지 그러냐!

아들   학교에서 잠자기에는 너무 시끄러워요.

아빠   벌써 다 해봤다는 말처럼 들리는구나!

아들   그건 아니에요. 잠자는 건 재미도 없는걸요.

아빠   어떤 일이 재미있고 없고는 일단은 마음가짐의 문제야. 배우는 게 재미없다면 그건 그 사람의 지성이 모자라기 때문이라구. 어쨌든 공부는 노동은 아니야.

아들   그런데 왜 수업 과제라고 불러요? 과제는 '일' 이잖아요.

아빠   수업 과제란 말은 옛말이고 요즘은 '가정 학습' 이라고 하지.

아들   그 말도 일은 일이잖아요.

아빠   그래, 아이들의 두뇌 발달을 위해 약간의 노동을 하는 것도 나쁘진 않아! 그리고 머리는 일하는 걸 좋아해. 그건 아빠가 장담하지. 그렇지 않으면 완전히 녹슬고 말거든!

아들   일말고 다른 걸 하면요?

아빠   어떤 거냐에 따라 다르지.

아들   예를 들어 놀이하는 건요?

아빠   놀이도 놀이 나름이야. 술래잡기 같은 건 두뇌 운동에 별로 도움이 안 될걸. 체스 같은 거라면 몰라도.

아들   그럼 왜 학교에서 체스를 안 가르쳐요?

아빠 도대체 뭘 바라는 거냐?! 그럼 수학을 공부하려면 카지노나 경
       마장엘 가야겠구나. 재미있게 공부하기 위해서 말이다!

아들 우와, 그거 정말 재미있겠네요!!

아빠 이제 쓸데없는 소린 그만 하고 뭔가 좀 유용한 걸 해보자. 너
       는…… 그래, 오늘 과제물을 하면 되겠구나.

아들 가정 학습이라면서요.

아빠 뭐라고 부르건 그 과…… 가정 학습이나 해라! (아들, 웃는다)
       그래 그래, 학교 공부도 일종의 노동이라고 치자! 최고의 특권
       을 받은 노동이지. 너희 아이들은 천만다행으로 생각해야 해.
       다른 일은 하지 않아도 된다는 걸 말야!

아들 나도 알아요.

아빠 그럼 이제 반항하지 말아라.

아들 반항하는 게 아니에요. 난 그냥 학교 공부도 노동이라는 걸 애
       기하려고 했을 뿐인데…… 아이들은 원래 일하면 안 되잖아요.

아빠 지적인 아이들한테는 공부가 아주 재미있을 수도 있어!

아들 며칠 전에 지리 숙제 좀 도와달라고 하니까 아빠도 하기 싫어했
       잖아요, 잘 모르겠다면서. 그리곤 괜히 나한테 화만 냈잖아요!

아빠 배운 지가 너무 오래 됐으니까 그렇지. 일단은 네가 원하는 게
       무엇인지부터 정확하게 알아야 할 게 아니냐. 그러길래 수업
       시간에 잘 들었으면 그렇게 헤매지도 않잖아!

아들 그건 수업 시간에 안 배운 거란 말예요. 람프레히트 선생님께서 집에서 부모님하고 같이 작업해보라고 했단 말예요, 세계지도 보면서.

아빠 '작업하다' 라는 말 대신 '궁리해보다' 라든가 '알아맞혀보다' 라고 했더라면 더 좋았을 뻔했구나. 그럼 숙제가 아니라 꼭 숨은그림찾기 하는 기분이 들었을 텐데. 그럼 너도 더 재미있게 했을 거고, 그렇지?

아들 네.

아빠 그것 봐라. 아까도 얘기했지만 모든 건 마음먹기에 달려 있는 거야. 기분좋게 약간의 '지적 호기심' 을 가지고 숙제를 하다보면 재밌다니까.

아들 (조금 있다가) 그러니까 숙제가 재미있도록 어떻게든 돌려서 생각하라는 건가요?

아빠 그래, 그 비슷한 거지.

아들 그럼 아빤 어때요?

아빠 나?

아들 아빤 일을 재미있게 하는 방법을 찾았냐구요?

아빠 내가 언제 내 일이 재미없다고 하든??

아들 아뇨. 그치만 일할 때마다 항상 저기압이잖아요!

아빠 업무 시간 이후까지 일을 하게 만드니까 그렇지. 일하느라고 집에서 제대로 쉬지도 못하잖아.

아들   그래서요? 일이 재미있으면 그것도…… 오락이랑 다를 게 없

다면서요.

아빠   일말고도 여가를 재미있게 보낼 수 있는 방법은 많아.

아들   예를 들면 어떤 거요?

아빠   책장 만들기도 그렇고……

아들   지금까지 아빠가 책장 만드는 거 한 번도 본 적 없는데요.

아빠   시간이 없어서 그런 거지! 하지만 그건 정말 꼭 하고 싶은 취미

생활이야. 아니면 정원에 작은 연못을 만들거나.

아들   그것도 만든 적 없어요.

아빠   시간이 없었으니까!

아들   그럼 좋아하는 일부터 먼저 하면 되잖아요.

아빠   다른 일이 먼저거든.

아들   재미없는 일요?

아빠   꼭 해야 하는 일 말야.

아들   그 일은 진짜 재미없어요?

아빠   그런 말은 안 했어! 물론 정말 재미없는 일도 있긴 해. 하루 종

일 컨베이어벨트 앞에 서 있어야 한다든가 허리가 휘도록 일해

야 하는 육체 노동 같은 거 말이다.

아들   아빠가 하는 일도 육체 노동인가요?

아빠   싱거운 소린 그만 해! 아니란 건 너도 잘 알잖아. 머리로 일하는
       건 육체 노동이라고 하지 않아.

아들   머리로 일하는 게 몸으로 일하는 것보다 더 재밌어요?

아빠   아빠는 그렇구나.

아들   그치만 다른 사람들이 눈치 못 채게 해야 되죠, 그쵸?

아빠   왜?

아들   찰리가 그러는데요, 걔네 누나가 그랬대요. 어른들은 다른 사
       람들한테 자기 일이 재밌다는 걸 눈치 못 채게 해야 한다구. 남
       들에게 일하느라 무척 고생하는 것처럼 보이길 바란대요.

아빠   그런 말도 안 되는 소리가 어디 있어?! 도대체 왜 그래야 된다
       든?

아들   그래야 아이들이 자기 부모를 불쌍하게 생각할 테니까요.

아빠   (웃으며) 말도 안 되는 소리!

아들   아빠, 아이들이 정말 부모님을 불쌍하게 생각해야 하나요?

아빠   그렇게까지 생각할 필요는 없겠지만 부모님이 얼마나 힘들게
       일하는지는 좀 알아줬으면 좋겠구나! 부모가 자기 일을 재미있
       어하든 아니든 말이다.

아들   그치만 부모님이 일을 재미있게 하면 아이들도 훨씬 더 좋을 거
       예요.

아빠   그건 또 왜?

아들   아이들이 보고 배울 테니까요. 그럼 아이들도 일이 무조건 끔찍하기만 한 건 아니란 걸 깨닫게 될 거예요! 항상 끙끙거리고 투덜거려야 하는 건 아니라고 말이에요.

아빠   그럴까? 아이들이 뭘 생각하는지, 그건 어차피 아무도 알 수가 없어! 자기 부모가 일을 얼마나 재미있어하는지 감시하는 대신 자기들이 맡은 일이나 충실히 해주면 좋겠구나!

아들   아빠 '일' 얘기만 꺼내도 벌써 화가 나나봐요……

아빠   내가 화가 난 건 네 얘기가 너무 억지라서 그런 거야!

아들   (조금 있다가) 아빠, 그냥 책장을 만드시는 게 어때요?

아빠   난 책장 필요 없어!

아들   그럼 연못이라두요. 항상 만들고 싶었다면서요.

아빠   그것도 꼭 필요한 건 아냐. 지금 너 뭐 하자는 거냐? 나한테 하고 싶은 얘기가 뭐야?

아들   전 그냥 보고 싶어서요……

아빠   뭐가?

아들   아빠가 재미있는 일을 할 땐 어떤 모습인지!

쓰기 전엔 한번 생각해보세요

아들 아빠, 찰리가 그러는데요, 걔네 아빠가 앞으로 자기 앞에선 속
담 얘긴 꺼내지도 말라고 했대요.

아빠 그러잖아도 그럴 생각은 털끝만큼도 없어.

아들 뭐라구요?

아빠 찰리 아빠한테 속담 운운할 생각은 전혀 없다구. 그런데 속담
이 대체 뭘 어쨌다고 그러는 거냐?

아들 하나도 안 맞으니까요.

아빠 그게 아니라, 안 맞을 때도 있다고 했겠지. 설마 찰리 아빠가 모
든 속담이 다 틀렸다고야 했을까, 아빠 말이 맞지?

아들 그런 것 같아요.

아빠 그것 보렴. 설마 찰리 아빠가 '소 잃고 외양간 고친다' 같은 속

담까지 엉터리라고 했겠니!

아들   그거야 일상적인 거니까……

아빠   속담은 일상생활과 관련되어 있게 마련인걸.

아들   그건 그래요. '일찍 일어나는 새가 벌레를 잡는다' 는 말도 그렇
     고.

아빠   그래, 노력한 만큼 대가가 따른다는 뜻이지. 행복은 결코 저절
     로 생기는 게 아니니까!

아들   그치만 노력만 한다고 무조건 행복해지는 것도 아니잖아요. 오
     늘도 텔레비전에서 봤잖아요. 아프리카나 남아메리카 사람들
     이 쓰레기장 같은 데서 살고 있는 거. 그 사람들은 아무리 노력
     해봐야 소용없을 거예요.

아빠   그 속담은 아주 일반적인 상황에서 쓰이는 거야, 지구촌 구석
     어딘지도 모르는 오지 같은 데가 아니라. 어떤 속담이든 나름
     대로 적용 범위라는 게 있는 거라구.

아들   아빠 말에 대해서는 생각 좀 해봐야겠어요. (아빠, 자리에서 일
     어난다) 어, 아빠! 어디 가는 거예요?

아빠   정원에! 울타리가 아직 괜찮은지 봐야겠다.

아들   내 얘기 아직 안 끝났단 말예요. 찰리 아빠가 엉터리라고 한 속
     담들을 다 얘기하려던 참이었는데.

아빠   (한숨을 쉬며) 그럼 나랑 협상하자. 하나만 얘기해봐. 딱 하나

다!

아들 네, 좋아요. 그럼 제일 위험한 걸로 할게요.

아빠 제일 위험한 거라구?

아들 네. 찰리 아빠가 그 속담은 세상에 해밖에 안 끼친대요. 근데 찰리 아빠도 그걸 알아차리는 데 꼬박 이십 년이 걸렸대요!

아빠 아빨 궁금하게 만들려고 했다면 성공한 것 같구나. 뜸들이지 말고 빨리 얘기해봐! 그 속담이 뭔지 빨리 얘기해보라구! 혹시 내가 아예 모르는 속담이냐?

아들 아뇨, 아빠도 아는 거예요. 나한테도 몇 번씩이나 얘기한걸요.

아빠 (장난기 섞인 말투로) 그게 정말이니? 내가 그렇게 위험한 말을 했단 말야?

아들 네, 그랬어요. 들으면 금방 생각날 거예요. '양보하는 사람이 더 지혜로운 사람이다' 라는 속담 말이에요.

아빠 뭐야? 그런 속담이 제일 위험하다고? 그런 말도 안 되는 걸 깨닫는 데 이십 년이 걸렸다고 했단 말이니? 황당하다 못해 슬프구나.

아들 그건 아빠가 그 속담을 아무 생각 없이 써서 그런 거예요. 그 뜻에 대해서 깊이 생각해본 적이 없었던 거라구요!

아빠 난 아무 생각 없이 쓴 적 없어. 그리고 혹 그랬다 하더라도 그 말의 뜻쯤은 잘 알아.

아들   잘 한번 생각해보세요. 만약 속담에서처럼 더 지혜로운 사람이 양보를 한다면 어리석은 사람이 원하는 대로 다 될 거 아니에요. 찰리 아빠 지금 정치가 딱 그꼴이래요!

아빠   애야, 잠깐 잠깐…… 그 속담은 그런 뜻이 아니야! 그리고 그걸 정치에 적용해서도 안 되고.

아들   왜 안 되는데요?

아빠   적용되는 틀이 다르기 때문이지! 양보하는 사람이 더 지혜롭다는 말은, 그러니까…… 두 형제가 마지막 남은 케이크 한 조각을 서로 먹으려고 싸울 때, 더 이성적인 사람이, 그러니까 더 지혜로운 사람이 양보하라는 뜻으로 쓰이는 속담이야.

아들   둘이서 나눠 먹으라고 하면 되잖아요. 케이크가 한 조각밖에 안 남았으면……

아빠   그럼 두 개로 나누기 어려운 거, 옳지, 사탕이라고 하며 되겠구나.

아들   그럼 왜 꼭 어리석은 사람이 마지막 남은 사탕을 먹는 거예요?

아빠   여기서 중요한 건, 누가 사탕을 먹는가 하는 게 아니라, 현명한 사람은 싸우지 않는다는 거야.

아들   어차피 그게 그거잖아요.

아빠   같은 게 아니라니까! 관점이 완전히 다르단 말야.

아들   어쨌든 결국은 어리석은 사람이 사탕을 먹는 거잖아요!

아빠　넌 너무 사탕에 집착하는 것 같구나!

아들　내가 사탕에 집착하는 게 아니라, 그 예가 별로 안 좋아서 그래요.

아빠　그래, 알았다. 그럼 넌 더 나은 예라도 있는 거냐?

아들　네, 찰리랑 걔네 누나랑 곰곰이 생각해봤거든요. 우리가 생각해낸 건 이런 거예요. 두 사람이 같은 일자리를 놓고 서로 싸우는 거예요. 그때 만약 속담처럼 현명한 사람이 양보를 하게 되면 어리석은 사람이 그 자리를 차지하겠죠!

아빠　언제부터 사람들이 일자리를 직접 고를 수 있게 됐니? 그러려면 우선 누군가 그 자리를 내놔야 하는 거야. 그리고 그런 경우 대개는 더 똑똑한 사람이 뽑히지.

아들　누가 뽑기 전에 현명한 사람이 먼저 양보하고 가버리면요? 그러면 어리석은 사람밖에 안 남잖아요!

아빠　하지만 현실은 그렇지 않아. 만약 똑똑한 사람이…… 아니, 그러니까 그 사람이 정말 똑똑하다면, 그 자리에서 일할 사람은 자기밖에 없다는 것도 잘 알 거야. 무엇보다 다른 사람들을 위해 꼭 그래야 한다는 걸 아니까 양보하지 않을 거라구.

아들　그럼 그때는 속담이 안 맞는 거네요! 속담대로라면 양보해야 되는 거니까요! 그래서 찰리 아빠가 그러는 거예요. 언제나 양보가 좋은 거라고 하는 건 잘못이라고 말이에요.

아빠 　대부분의 경우, 양보는 미덕이야. 그건 틀린 말이 아니야.

아들 　그치만 자기가 옳다고 생각할 때는 양보하면 안 되는 거잖아요! 그런데 왜 애들한테는 항상 양보하라고 하는 거예요?

아빠 　애들은 양보하기보다는 우선 순종해야 하는 거야! 물론 착하고 양보까지 잘한다면 더 바랄 게 없겠지만!

아들 　난 애들끼리 싸울 때를 말하는 건데……

아빠 　그때도 양보해서 손해볼 건 없을……

아들 　없긴 왜 없어요?! 며칠 전에 귄터랑 다른 애들 몇 명이 흰쥐 스무 마리를 사서 영어 시간에 풀어놓으려고 했던 일이 있었어요. 게를라흐 선생님을 놀라게 해서 수업을 못 하게 하려구요. 정말 나쁜 애들이죠, 그죠?

아빠 　그렇구나, 그런 못된 생각을 하다니. 그래서 네가 게를라흐 선생님을 보호해드렸니? 정말 잘했다.

아들 　내가 보호하려고 했던 건 게를라흐 선생님이 아니라 쥐들이었어요! 교실에 쥐들을 풀어놓으면 어떻게 되겠어요? 애들한테 쫓기다가 누군가의 손에 죽을 수도 있잖아요!

아빠 　그래, 그 말도 맞구나. 그건 동물 학대지…… 그래서 누가 이겼냐? 물론 너랑 찰리겠지?

아들 　사비네랑 알리도 우리 편이었어요. 우린 물러서지 않고 끝까지 맞섰어요.

아빠 　그래서 결국 다른 애들을 설득했다, 뭐 그런 얘기냐?

아들 　그건 잘 모르겠어요. 사실 아이들 대부분이 그러고 싶어했거든요. 그런데 우리가 워낙 난리를 치는 바람에 아무도 엄두를 못 낸 것 같아요! 우리가 막 교탁을 탕탕 두드리면서 소릴 질렀거든요. "풀어놓기만 해. 절대로 가만 두지 않을 테니!" 모두들 좀 무서웠나봐요.

아빠 　그렇다면 평화롭게 끝난 거로구나.

아들 　그건 현명한 우리가 양보를 안 했기 때문이에요! 우리가 현명했던 거 맞죠?

아빠 　그래, 그건 잘한 일이야.

아들 　찰리가 그러는데, 걔네 아빠가 정치가들도 현명하다면 절대로 다른 사람들한테 양보해선 안 된다고 했대요!

아빠 　물론 그래선 안 되지.

아들 　현명한 정치가들은 정부가 무기를 늘리거나 다른 나라에 파는 걸 원하지 않아요!

아빠 　그래, 너 말 한번 잘했다. 그 사람들은 그런 걸 원하지 않는 것처럼 떠들고 다니지. 하지만 속마음도 그런지는 모를 일이야.

아들 　아니에요, 진짜 그래요. 그래서 절대로 양보를 하면 안 된다는 거예요!

아빠 　정치에서 양보를 하고 안 하고는 현명한 거랑은 상관이 없어.

정치에선 더 영향력이 크고 힘 있는 사람이 끝까지 살아남는 거
야.

(잠시 침묵)

아들 그건 현명한 사람들은 힘이 없다는 말인가요?

아빠 어쨌든 너나 찰리 아빠처럼 이론으로만 똑똑한 사람들이 힘이
없다는 건 확실한 것 같구나! 천만다행인 거지! 안 그랬으면 이
세상은 진짜 정신병원 같았을걸!

아들 ……그럼 지금은 아닌가요?

전문가의 권위

아들   아빠, 찰리가 그러는데요, 개네 아빠가 존중이 생명을 위협할 수도 있다고 했대요.

아빠   내가 지금 똑똑히 들은 거냐? 존중이 생명을 위협할 수도 있다구?

아들   제대로 들은 거예요.

아빠   찰리 아빠의 사춘기 때 얘기 따윈 듣고 싶지 않구나!

아들   사춘기요?

아빠   사춘기는, 그러니까 아이들이 크면서 부모가 시키는 일에 무조건 반대하고 반항하는 시기를 말하는 거야. 부모님의 말씀을 전혀 존중하지 않는 시기.

아들   찰리 아빤 애들 얘기를 한 게 아니에요. 애들 얘기야 어차피 아무도 안 듣는걸요.

아빠 아무리 애들이라고 해도 들을 만한 얘기라면 얼마든지 귀담아 들을 거야.

아들 어쨌든 이건 어른들 얘기예요. 어른들이 너무 존중하면 안 된다고.

아빠 거 참, 놀랄 만한 얘기로구나. 존중하는 마음이 사라진 세상이라……

아들 잘 아는 사람을 존중하는 건 괜찮아요. 그치만 어떤 사람이 전문가라고 해서 무조건 믿고 존중하면 안 된다는 거예요.

아빠 전문가를 존중해선 안 되다니, 그게 대체 무슨 말이니?

아들 그러니까 하얀 가운을 입었다거나 특별한 사람인 것처럼 행동한다고 해서 무조건 그 사람을 존중해선 안 된다구요.

아빠 그거야 그 가운을 입은 사람이 누구냐에 달렸지. 예를 들어서 하얀 가운을 입은…… 보조 미용사라면 아무리 잘난 체해봤자 특별히 존경하는 사람이 없을걸.

아들 보조 미용사가 하는 실수야 기껏해야 머리를 엉망으로 잘라놓는 거니까요. 머리야 다시 자라는 거니까 별로 심각한 실수는 아니라구요. 그치만 팔은 또 생기는 게 아니잖아요.

아빠 똑똑하기도 하구나. 본론이나 어서 얘기해봐.

아들 아빠 그 기사 못 봤어요? 며칠 전에 어떤 병원에서 의사가 깁스를 못 풀게 하는 바람에 결국 어린 여자아이의 팔을 자르게 된 사건요.

아빠 정말 듣기만 해도 소름 끼치는 얘기구나!

아들 네, 정말 끔찍한 얘기죠! 그앤 그냥 삐끗해서 인대가 조금 늘어 난 것뿐이었는데 병원에서 깁스를 하라고 했대요. 근데 그게 너무 아파서 애가 하루 종일 풀어달라며 울었는데 그 의사는 신 경도 안 썼다지 뭐예요. 그 사람은 유명한 의학 박사였대요.

아빠 신경을 안 쓴 건 아닐 거야. 환자가 조금 불편해한다고 해서 치 료를 중단할 수도 없었을 테고.

아들 그치만 아빠 목에 깁스했을 때 불편하다고 당장 풀어버렸잖아 요.

아빠 그 깁스는 불편하기도 했지만 애초부터 할 필요도 없었어!

아들 게다가 아빠한테 깁스를 해준 건 유명한 의학 박사가 아니라 엄 마였으니까요.

아빠 누가 했건 그게 중요한 게 아냐! 내가 그런 건 나한테 뭐가 제일 좋은지는 내가 제일 잘 알기 때문이야!

아들 마찬가지예요, 그애도 깁스가 자기한테 안 좋다는 걸 알아차린 거라구요. 아마 간호사들도 다 알고 있었을 거예요. 그런데도 모두들 그 교수의 말을 너무 존중한 거예요.

아빠 원래 그런 거야……

아들　원래 그렇다구요!? 깁스 때문에 팔이 썩었는데요? 그래서 팔을 잘라내야 했는데, 원래 그런 거라구요?!

아빠　물론 그 일은 정말 운이 없었던 것 같구나. 정말 끔찍해. 안된 일이지만 아주 가끔씩 ─ 그나마 다행이지만 ─ 그런 의료 사고가 발생한단다.

아들　찰리 아빠 말로는 그건 다 사람들 잘못이래요.

아빠　그래, 그렇게도 볼 수 있지. 담당 의사의 실수지.

아들　아뇨, 그 의사가 아니라 그애 부모님, 그리고 할머니, 삼촌, 친구, 그리고……

아빠　아직 더 남았냐? 그 사람들이 그 상황에서 도대체 뭘 어쩌겠니?

아들　그렇게 의사 말만 믿지 말았어야죠! 만약 찰리가 그런 상황이었다면 찰리 아빤 직접 깁스를 잘라줬을 거예요!

아빠　누구나 일이 터진 후엔 그렇게 말하기 쉽지. 그렇지만 막상 그런 상황이 닥쳤다고 생각해봐. 그때 아무것도 모르는 우리 같은 사람이 전문가가 해놓은 걸 엉망으로 만들어놓기란 쉬운 일이 아니라구.

아들　진짜 엉망으로 만든 게 누군데요?

아빠　그래 그래. 그 사건의 경우는 의사의 책임이 분명해. 하지만 그걸 모든 상황에 일반화시킬 순 없어.

아들　　루이제 이모는 아마 그때 죽었을지도 몰라요…… 엄마가 너무 존중했더라면 말예요!

아빠　　그건 또 무슨 소리냐?

아들　　같이 생선 먹었잖아요. 엄마랑 루이제 이모랑 비싼 레스토랑에 가서…… 이모가 생선 요리를 시켰는데요, 생선 맛이 좀 이상하더래요. 그런데도 이모는 웨이터한테 물어볼 용기가 안 나서 가만히 있었대요.

아빠　　네 이모는 워낙 마음이 약한 사람이잖니. 거기다 연미복을 쭉 빼 입은 지배인이 근사한 은접시에 담긴 요리를 직접 날라왔을 테니……

아들　　……그래서 지배인한테 뭐라고 못했을 거예요, 그쵸? 그때 만약 엄마가 웨이터를 불러서 생선 요리가 이상하다고 말하지 않았더라면……

아빠　　그래, 그 얘긴 나도 들었어. 네 엄만 아주 적절한 행동을 한 거야.

아들　　그러니까 그때 아무 말 없이 그 생선 요리를 먹었던 다른 사람들은 요리사를 너무 존중했던 거예요, 그쵸?

아빠　　글쎄다. 아니면 음식이 이상하다는 걸 못 느꼈을 수도 있지. 그것도 아니면 소란 피우기가 싫었든지.

아들　　그치만 결국 일이 벌어졌잖아요. 식중독으로 모두 병원에 실려

갔다구요. 뉴스에도 나온걸요.

아빠 그래도 그런 특수한 사건들 때문에 전문가를 존중해서는 안 된
     다고 말할 수는 없는 거야!

아들 무조건 그래야 한다는 건 아니에요. 단지 흰 가운이나 연미복,
     제복 같은 걸 입었다고 해서……

아빠 제복도 거기에 포함되는 거냐? 찰리 아빠가 경찰이나 군인들
     까지 얘기했단 말이지?

아들 아뇨, 아니에요! 그거말고도 제복이 얼마나 많은데요. 기차 승
     무원도 있고. 참, 찰리 삼촌도 한 번 속은 적이 있대요.

아빠 왜, 어떻게 됐는데?

아들 찰리 삼촌은 거의 할아버지인데, 누가 초인종을 누르면 절대
     문을 안 열어준대요. 잘 아는 사람이 아니면 말이에요. 그런데
     한번은 창문으로 살짝 내다봤더니 제복을 입은 사람이 서 있어
     서 별 의심 없이 문을 열어줬대요. 그랬는데 그게 철도 승무원
     복을 입은 도둑이었던 거예요. 그 도둑이 찰리 삼촌을 묶어놓
     고 집 안에 있는 걸 몽땅 다 가져가버렸대요!

아빠 그런 속임수엔 정말 당할 재간이 없지……

아들 찰리 아빤 그게 모두 특권층에 대한 지나친 존경심 때문이래
     요.

아빠 그 말은 아까도 했어. 자꾸 반복한다고 뭐가 달라지냐? 그렇지

만 일상생활에선 전문가들을 신뢰하지 않으면 안 되는 상황도
있는 걸 어쩌겠니.

아들 그 사람들이 틀린 것 같다는 느낌이 들어도 그래야 한다는 거예
요?

아빠 그저 느낌, 느낌……

아들 전문가들이 틀릴 수도 있잖아요!

아빠 그렇게 본다면 누구나 틀릴 수 있지.

아들 아주 높은 사람들두요, 그쵸?

아빠 '아주 높은 사람들' 이라니?

아들 예를 들면 제일 높은…… 검사, 아니면 장군, 아니면……

아빠 그게 뭐가 어쨌다는 거냐? 그래도 전문가들의 실수는 극히 드
문 편이야.

아들 그걸 어떻게 알아요?

아빠 물론 처음부터 알 수는 없지. 그건 당연한 거야.

(잠시 침묵)

아들 찰리가 그러는데요, 걔네 아빠가 그랬대요. 엄마가 레스토랑에
서 한 것처럼 모두 그래야 한다구요.

아빠 뭐, 어떻게 말이냐?

아들 준다고 무조건 다 덥석 받아먹으면 안 된다구요!

나가서 놀아라!

아들   아빠, 찰리가 그러는데요, 걔네 누나가 부모님들이 모두 왜 자기 아이들한테 나가서 놀라고 하는지 한번쯤 반성해봐야 한다고 했대요.

아빠   나가서 놀라고 안 하면 그럼 뭐라고 해야 하는 거냐? "제발 놀지 말아라!" 그러면 되겠니?

아들   아뇨, 그게 아니라 애들한테 놀라고 하면서 집 밖으로 쫓아내면 안 된다는 거예요.

아빠   쫓아내다니! 옆방으로 보내는 것도 쫓아내는 거냐? 그리고, 그래봤자 어차피 삼 초도 못 돼서 달려와서는 부모가 하는 건 모조리 흉내내려고 하면서.

아들   그게 나쁜 건가요, 뭐. 그러면서 아이들은 많은 걸 배운다구요.

아빠 부모가 하는 것 중에는 애들이 따라해선 안 되는 것들도 있으니까 그렇지.

아들 왜요? 부모님들이 잘못하는 게 많아서요?

아빠 너랑은 더이상 이야기 못 하겠구나. 네 얘기 상대로 누구 딴 사람 한번 찾아보렴.

아들 지금 당장은 아빠말고 아무도 없어요. 찰리 누나는, 부모님들이 "이리 와서 놀아라" 그래야 한다는 거예요, "이리 와!"

아빠 내가 보기엔 그애가 마음이 급해서 아주 사소한 사실 한 가지를 잊어버린 것 같구나! 그게 뭐냐면 말이지, 부모님들에게 하루 종일 신나게 뛰어 놀던 행복한 시간들은 이미 지나가고 없다는 거야. 이젠 일할 시간도 모자란다구!

아들 아빠 말도 맞아요! 하지만 다른 애들을 집으로 오라고 해서 같이 놀 수도 있잖아요.

아빠 너 대체 뭘 바라는 거니? 뭐가 문제야, 응? 혹시 너 요즘 많이 심심하니?

아들 내 얘기가 아니에요, 난 찰리가 있는걸요. 하지만 걔네 누난 요즘 생기는 문제들이 전부 어린애들을 혼자 놀게 놔두기 때문이라고 하던데요.

아빠 혼자서 시간을 보내는 방법을 배우는 것도 아주 중요한 거야.

아들 그러다 혼자 지내는 데 너무 익숙해져버리면요? 그래서 나중엔 다른 사람들이 아예 필요 없어지면요?

아빠 그럼 계속 혼자 지내는 거지, 뭐.

아들 그러다간 언젠가 중독되고 말 거예요.

아빠 뭐가 어떻게 된다구?

아들 중독된다구요. 하루 종일 혼자 오락실에 앉아서 용돈을 몽땅 다 날릴 때까지 기계만 두들겨댈 테니까요!

아빠 또 비약하는구나! 전자 오락에 빠지는 건 어차피 오래 가지 않아. 용돈이 떨어지면 끝이니까.

아들 그치만 그런 애들은 계속하는걸요. 어른이 된 뒤에도 말이에요. 찰리 누나가 그러는데, 몇 년 동안 수천만원을 날린 사람도 있대요!

아빠 한마디로 얼간이지. 그렇지만 게임을 하려고 해도 우선은 그만한 돈이 있어야 할 게 아니냐?

아들 다 방법이 있어요. 카드로 돈을 빌리거나, 갖고 있던 물건을 팔면 되죠. 그건 마약과 같은 거라서 그만둘 수가 없거든요!

아빠 그게 마약처럼 중독되어서 그만둘 수 없다는 건 구차한 변명일 뿐이야! 자제력이 부족한 사람들이 아무 생각 없이 저지르는 일들을 모두 '중독'이라고 한다면 세상 꼴이 도대체 어떻게 되겠니?

아들 그치만 도저히 그만둘 수 없다면요? 그런 건 중독이 아니에요?

아빠　그게 만약 내 아들이나 내 딸의 일이라면 난 어떻게 해서든지 그만두게 만들 거다. 암, 하고말고!

아들　하루 종일 회사에 있으면서 어떻게 한다는 거예요?

아빠　무슨 수든 생각해봐야지.

아들　그치만 다른 부모님들은 아무런 방법도 못 찾았어요. 정부도 그렇구요.

아빠　정부라니! 정부가 아무런 방법도 못 찾았다구?! 말 한번 잘 꺼냈다. 언제는 국가가 개인의 자유를 너무 구속한다고 투덜거리더니 이젠 또 국가가 아무것도 안 해서 불만이냐?

아들　그런데 우리나라에는 왜 그렇게 돈 잡아먹는 기계들이 많은 거예요?

아빠　다른 일도 그렇지만 그것도 모두 수요와 공급의 원칙이라는 걸 따르는 것뿐이야. 그런 게임에 재미를 붙인 사람들이 많은지도 모르지. 재미있으니까 또 아무리 돈이 들어도 자꾸 하게 되고……

아들　그치만 꼭 그렇게 많이 있어야 돼요? 하루 만에 삼십만원을 쓴 중학생도 있대요. 신문에서 봤어요.

아빠　믿을 수가 없구나. 투자한 돈의 최소 60퍼센트는 되돌려받게 되어 있는데…… 규정상 말이야. 그러면 그렇게 많이 잃을 순 없을 텐데.

아들　그럴 수도 있대요. 어떤 기계들은 위험 부담을 더 높일 수가 있거든요. 그러면 더 많이 벌 수 있는 대신 더 많이 잃을 수도 있는 거예요. 그런 거 몰랐어요?

아빠　어찌 됐건 일단 그런 것에 깊이 빠진 사람은 어쩔 수가 없어. 한번 불행해지고도 정신을 못 차리는 사람은 영영 구제 불능인 거야.

아들　그게 아니라 중독된 거라니까요.

아빠　음, 중독은 어떤 일을 오랫동안 과도하게 많이 했을 때 생기는 거야. 그래서 조금이라도 이성이 있는 사람들은 어릴 때 하던 전자 오락이 언제부터 그 정도를 넘어서는지 금방 알아차릴 수 있어!

아들　정말 알아차릴 수 있단 말이죠.

아빠　그렇다니까.

아들　아빠 할 일이 많으시니까 그만두기도 쉽겠네요.

아빠　그 말도 맞아. 안타깝게도 너무 많아서 탈이지만.

아들　그치만 일이 없는 사람들도 많아요.

아빠　그렇다면 그렇게 게임으로 날릴 돈도 없을 거 아니냐.

아들　어른이 되면 누구든지 돈이 조금씩은 생기나봐요. 그런데 그것마저 다 날려버리면 그땐……

아빠　자업자득이지, 뭐!

아들 그치만 찰리 누나가 그러는데, 우리나라엔 그런 게임기가 이십만 대나 있대요. 그러니 유혹이 안 되겠어요?

아빠 그렇게나 많대?

아들 네. 그리고 지금도 계속 늘어나고 있구요. 장사가 잘 되니까요. 일 년에 오천억원도 넘게 번대요. 못 믿겠죠?

아빠 그래, 정말 놀랍구나.

아들 그런 기계에 제일 잘 빠져드는 사람들은 항상 혼자 다니고, 그래서 외롭고 쓸쓸하고 금방 우울해지는 그런 사람이래요!

아빠 그렇다고 뭘 어쩌겠니? 그 사람들이 유치원생도 아닌걸……

아들 이건 찰리 누나 생각인데요…… 그 오천억원 중에서 국가가 받는 세금도 엄청 많을 테니까……

아빠 그래서? 찰리 누나가 게임기 주인들이 세금을 내면 안 된다고 하더냐?

아들 그게 아니라 그렇게 받은 세금으로 게임에 중독된 사람들을 도와주는 거예요……

아빠 그거야말로 끝없는 악순환의 연속이잖니! 게임기를 설치하라고 허가해주고선 그걸로 거둬들인 세금을 그 게임기의 희생자들한테 다시 쓰다니!

아들 알코올 중독자들한테도 그렇게 한다던데요. 주류세라는 걸 받아서 알코올 중독자들을 요양소에 보내는 데 다시 쓴다구요!

찰리 누나가 그랬어요.

아빠 그건 그애가 잘 몰라서 하는 소리야! 금주 요양소 운영 비용을 누가 부담하는가 하는 문제는 접어두고라도, 저녁에 가볍게 한 잔씩 즐기는 사람들 중에서 알코올 중독자가 되는 사람들은 정말 극소수에 불과해…… 근데 이런 얘기가 도대체 너랑 무슨 상관이 있는 거냐?

아들 지금 당장은 상관없을지도 모르죠. 그치만 찰리 누나가 그러는데, 중독된 사람들이 점점 더 늘어나면 결국엔 우리 모두의 문제가 되는 거래요.

아빠 물론 한 사회는 한 배를 탄 운명공동체니까 한 사람이라도 물에 빠지지 않도록 조심해야지. 그 말은 맞아.

아들 물에 빠지면 어떻게 되는데요?

아빠 그런 바보 같은 질문은 너 자신에게나 해라.

아들 그럴게요. 한 배를 탔다는 건 비유적인 표현이죠? 물에 빠진다는 건 어려움에 빠진다는 뜻이고. 만약 누군가 물에 빠지면 적어도 머리만이라도 물 위로 꺼내줘야죠. 숨이라도 쉴 수 있게.

아빠 잘 아는구나.

아들 근데 물에는 왜 빠지는 거예요? 실수로요?

아빠 생각 없이 행동하다가 그렇게 되는 경우가 많지.

아들 아니면 다른 사람이 밀었을 수도 있죠!

아빠   다른 사람이 민다고? 게임기, 그러니까 처음 주제로 돌아가서
        얘기하자면, 적어도 다른 사람을 게임기 앞으로 모는 사람은
        없어.

아들   그치만 부모님이 항상 '나가서 놀라'고 하잖아요!

정말 좋은 기회

아들   아빠, 찰리가 그러는데요, 걔네 아빠가 지금이 아이들한테는 정말 좋은 기회래요!

아빠   찰리 아빠한테 충고해줘서 고맙다고 전해라. 하지만 지난번 얘기했던 너의 그 '정말 좋은 기회'가 몇 주 전부터 옷장 위에서 먼지만 잔뜩 먹고 있다는 건 알고 있니?

아들   아령 얘기예요?

아빠   그래, 그거. 멋지게 근육을 만들어보겠다고 조르길래 기껏 사줬더니. 겨우 세 번 쓰고, 아니 네 번이었나?

아들   그건 내가 발에 떨어뜨려서 다친 뒤에 엄마가 하지 말라고 해서 그런 거예요. 엄마가 그랬거든요, 상체는 근육질이지만 다리가 없어서 걷지도 못하는 아들은 원하지 않는다구요.

아빠   어찌 됐건, 앞으로는 찰리 아빠가 추천하는 특별 세일 상품은
        다신 안 살 테니 그렇게 알아라.

아들   아빠한테 돈 달란 얘기가 아니에요.

아빠   그럼 누구한테 달라는 거냐?

아들   정부요.

아빠   또? 이번엔 또 뭘 위해서지?

아들   선생님들요.

아빠   (큰 소리로 웃으며) 선생님들을 위해서라구? 이번엔 선생님을
        위한 특별 세일 상품이냐?

아들   아빠, 우리나라에 얼마나 많은 선생님들이 쉬고 있는지 알아
        요? 일자리가 없어서요.

아빠   그건 나도 알아. 몇 년 전부터 갑자기 대학생들이 모두 교사가
        되겠다고 몰려들었지! 하지만 학생들은 그만큼 많지 않으니까
        그런 문제가 발생할 수밖에 없지.

아들   그러니까 그게 바로 좋은 기회라는 거예요. 찰리 아빤 이번 기
        회를 절대로 놓치면 안 된다고 했어요!

아빠   기회라니, 무슨 기회 말이냐?

아들   반을 더 작게 나눌 수 있는 기회요. 그러면 모든 아이들이 골고
        루 더 잘 배울 수 있으니까요.

아빠   설사 한 반 정원이 열 명밖에 안 된다고 해도 '모든 아이들'이

다 잘 배울 수 있는 건 아니야. 아이들 중에는 원래부터 학업 능력이 뛰어난 애들도 있고 또 그렇지 못한 애들도 있으니까. 그리고 또……

아들   (말을 가로막으며) 그치만 꼭 능력이 없어서 그런 건 아니에요. 클라우스는 머리가 나쁘지 않다구요!

아빠   클라우스가 누구니?

아들   우리 반에 있는 애예요.

아빠   그애가 왜?

아들   클라우스는 수업 시간에 한마디도 안 해요. 용기가 안 난대요.

아빠   수줍음이 많은 아이들은 어디에나 있게 마련이지. 그렇지만 머리가 나쁜 건 아니라면 시험은 잘 보겠구나.

아들   아뇨. 시험 볼 땐 너무 떨어요.

아빠   저런! 그렇다면 그걸 보충하기 위해서라도 특별히 숙제를 정성껏 해가야겠구나.

아들   그런데 그것도 할 수가 없어요. 걔네 집은 다른 집하고 좀 다르거든요. 그애가 시장도 보고 또 어린 동생들도 돌봐줘야 해요.

아빠   흠, 상황이 그렇다면, 그러니까 내 말은 걔네 가정 형편이 그렇게 특수하다면 어떤 선생님이라도 도와주기가 힘들겠는걸!

아들   그러니까 더 도와야죠! 슈뢰더 선생님이 발르너 선생님께 하는 얘길 들었는데, 선생님은 클라우스를 진짜 돌봐주고 싶대요.

그런데 지금은 애들이 너무 많아서 클라우스한테만 신경쓸 수가 없대요.

아빠 그래, 그런 경우엔 어떻게 해야 할지 나도 잘 모르겠구나! 그치만 아마 정부도 마찬가지일 거야! 정부도 올해는 지출을 줄여야 한다고 했거든. 혹시 그 동안에 정책이 바뀌지 않는다면 말이다! 그리고 지금 우리나라에서 일자리를 못 구하는 게 어디 선생님들뿐이냐?

아들 그치만 아빠가 늘 그랬잖아요. 절약도 할 때가 있고, 안 해야 할 때가 있다고! 그러면서 나는 입지도 않는 비싼 가죽 재킷을 사 줬잖아요!

아빠 그 가죽 재킷은 오래 입을 수 있거든. 그리고 너도 좋은 옷 한 벌쯤은 갖고 있어야지. 그건 아주 합리적인 투자였어!

아들 그럼 선생님은 합리적인 투자가 아니란 말예요?

아빠 제발 억지 좀 부리지 마. 넌 네 가죽 재킷이랑 실업자 선생님들이 비교가 된다고 생각하니?

아들 난 지금 절약 얘길 하는 거예요. 찰리 아빠가 그러는데, 내년에 어떤 지방에서는 선생님들이 만 명이나 일자리를 잃을 거래요!

아빠 그런 곳에는 아마 한 반에 스무 명도 안 될 거야. 그러니 여러 반을 하나로 합치는 거겠지.

아들 꼭 그래야 하는 거예요? 한 반에 애들이 스무 명밖에 안 되면 얼마나 좋은데요!

아빠 학교는 편하라고 있는 게 아니야. 공부하라고 있는 거지!

아들 스무 명이면 공부도 더 잘할 수 있어요. 수업 시간에 시끄럽지
도 않구요.

아빠 한 반이 스무 명이건 마흔 명이건 수업 시간에 조용해야 하는
건 당연한 거지! 그리고 반 학생들이 좀 많더라도 선생님들은
아이들을 통제하고 필요한 걸 가르칠 수 있어야 해! 그 정도 인
내심은 기본이라구!

아들 그치만 노이만 선생님은 이제 인내심의 한계를 느낀대요.

아빠 그건 왜?

아들 잘 모르겠어요. 노이만 선생님은 나이도 좀 많은데다가 항상
눈을 찡긋거려요. 그치만 학교를 그만둘 순 없대요.

아빠 눈 좀 찡긋거린다고 일을 그만둔다면 대체 나라 꼴이 뭐가 되겠
니?

아들 그치만 힘이 넘치는 젊은 선생님들도 많잖아요.

아빠 있으면 뭐해? 줄 돈이 없는걸. 그게 그렇게 이해하기가 힘드
니?

아들 그치만 선생님들이 실업자라도 돈은 들잖아요.

아빠 빨리 다른 일자리를 찾는다면 안 들 수도 있어.

아들 어떤 일요?

아빠　　어떤 일이든지. 직업에는 귀천이 없으니까.

아들　　아빠가 일하는 국세청은 어때요? 항상 일이 너무 많다고 불평
　　　　하잖아요.

아빠　　그건 어차피 같은 공무원이라 안 돼!

아들　　그럼 대체 뭘 하죠?

아빠　　그러니까, 정 없으면…… 수공업이라도 배우면 되지 뭐.

아들　　그럼 다른 수공업자들의 일자리를 뺏는 게 되잖아요.

아빠　　내가 노동부 장관이니? 아빠도 더이상은 모르겠다!

아들　　어쨌든, 찰리 아빠는 선생님들이 다른 사람들의 일자리를 뺏기
　　　　전에 아이들부터 먼저 생각해야 한대요!

아빠　　아이들 걱정은 선생님이 아니더라도 다 해. 특히 애들은 어른
　　　　들이 한시도 한눈팔 수 없게 스스로 잘하니까.

아들　　그게 무슨 말이에요?

아빠　　소란을 피워서 말이다! 학교도 안 가고 어디서 땡땡이치질 않
　　　　나, 아니면 옆사람 고막까지 찢어질 정도로 큰 소리로 음악을
　　　　듣질 않나, 그걸 어떻게 다 말로 하겠니!

아들　　전부 다 그런 건 아니에요.

아빠　　어쨌든 그런 애들이 너무 많아.

아들　　그치만 한 반 정원이 지금보다 적어지면 선생님들이 그런 애들
　　　　한테 더 신경을 쓸 수 있어요. 슈뢰더 선생님은 모든 아이들의

부모님하고 상담을 할 수 있었으면 좋겠대요. 그래서……

아빠　　그건 그 선생님의 일은 아닌 것 같구나. 선생님의 영역은 교실이야, 아직까지는.

아들　　그치만 교실에서는 선생님이라도 클라우스를 도와줄 수가 없잖아요.

아빠　　(화를 내며) 이제 그 클라우스 애긴 그만 할 수 없니? 세상 일이 다 네 뜻대로 될 수 있는 건 아니란 말야! 아직도 모르겠니?? (아들, 킥킥대고 웃는다) 뭐가 우스워?

아들　　아빠가 방금 그랬잖아요. 선생님은 한 반에 아이가 스무 명이든 마흔 명이든 다 잘 가르칠 수 있어야 된다고.

아빠　　그래서, 뭐?

아들　　그런데 아빤 나 하나 가르치는 것도 어려워서 쩔쩔매잖아요!

거짓말은 발이 길다

아들 아빠, 찰리가 그러는데요, 걔네 아빠가 그랬대요. 거짓말은 발이 길다구요!

아빠 가르쳐주려거든 좀 제대로 가르쳐줄 것이지. '거짓말은 발이 짧다', '길다'가 아니라!

아들 아니에요, 길어요.

아빠 아니, 짧아! 그건 진실은 곧 밝혀지게 마련이라는 걸 가르쳐주는 속담이라구. 거짓말은 오래 가지 못한다는 말이지. 그래서 발이 짧다고 얘기하는 거야.

아들 그치만 요즘은 거짓말이 아주 오래 가는걸요. 그러니까 '발이 길다' 는 거예요.

아빠 어째서 요즘 거짓말이 옛날보다 오래 간다는 거냐?

아들 왜냐하면, 거짓말에 속는 사람들이 모두 기억력이 형편없으니
까요.

아빠 그것도 완전히 반대로 한 거잖아! 그건 원래는 '거짓말쟁이는
기억력이 좋아야 한다' 라는 말이야! 그러니까, 거짓말에 속는
사람이 아니라, 거짓말을 하는 사람 말이다. 거짓말쟁이는 자
기가 언제, 무슨 거짓말을 했는지 다 기억하고 있어야 하니까.
안 그랬다간 금방 다 들통나버리거든.

아들 그치만 찰리 아빠가 그러는데, 요즘에는 사람들이 하도 거짓말
을 많이 해서 어차피 다 기억을 못 한대요. 그러니까 거짓말에
속은 사람이라도 기억하고 있어야죠.

아빠 요즘은 왜 사람들이 거짓말을 더 많이 한다는 거냐? 옛날이나
지금이나 진실만 말하고 산 건 아닌데 말야.

아들 그치만 요즘에는 그런 가능성들이 더 많잖아요.

아빠 그건 또 왜?

아들 텔레비전이랑 라디오, 그리고 그 많은 신문들 때문이죠. 그런
데서 하는 거짓말이 자기 이웃들한테 하는 거짓말보다 훨씬 더
많대요.

아빠 찰리 아빠가 무슨 근거로 그렇게 말하는지 점점 궁금해지는걸.
정말 궁금해! 뜸들이지 말고 빨리 얘기해봐!

아들 그게 너무 많아서…… 그러니까 찰리 아빠가 그러는데……

(갑자기 말이 빨라지며) 무장 해제하겠다, 숲을 살리겠다, 동물을 보호하겠다, 또 실업자를 줄이겠다, 도덕심을 회복시키겠다…… 뭐 그런 게 다 그렇대요!

아빠 말한 대로 다 됐잖아! 적어도 시작은 했잖니.

아들 하지만 실업자는 점점 늘어나고 있는걸요.

아빠 그렇다고 해서 애초의 의도가 다 거짓말이었다고 할 순 없어! 구별할 건 구별해야지.

아들 구별해야 한다구요? 그거 차이라는 말하고 비슷한 건가요? 정치가들도 그것 때문에 막 싸우고 그러잖아요……

아빠 그만! 그만 해라. 구별한다는 말은 이 경우엔 어떤 일들을 개별적으로 하나하나 살펴본다는 뜻이야. 그러니까 분야별로 실직자들이 얼마나 줄었는지 살펴본다거나……

아들 그런데 실업자 수는 왜 하나도 안 줄어요?

아빠 그건 말이지, 한쪽에서 실직자들이 일자리를 얻는 동안 다른 한쪽에선 또다른 사람들이 일자리를 잃기 때문이지. 구조 조정이란 것 때문에 말야. 어쩔 수 없는 일이야.

아들 그럼 구조 조정을 하게 될 거라는 건 왜 진작 몰랐을까요?

아빠 그건 어쩔 수 없는 일이라고밖에 설명할 길이 없구나.

아들 그럼 왜 정치가들은 실업자를 줄일 수 있다고 장담했을까요?

아빠 잘 들어보렴. 그건 말이다…… 이를테면 네 숙제하고 비슷한 거야. 숙제는 매일매일 해도 다음날이 되면 또 그만큼 생기잖니. 그건 숙제처럼 늘 새로 생기는 거라구.

아들　그건 하나도 안 비슷한 것 같은데요?!

아빠　내 생각엔 그게 그거 같은데……

아들　그리고 숙제를 없애겠다고 한 사람은 지금까지 한 사람도 없었잖아요. 아빠 혹시 그런 말 들어본 적 있어요?

아빠　아빠 얘기가 잘 이해가 안 된다면 관두자. 그리고 네 얘기도 이제 그만 해.

아들　아빠, 잠깐만요! 또다른 이유가 있단 말예요. 이건 진짜 심각한 거라구요.

아빠　이유라니? 무엇에 대한 이유?

아들　거짓말이 발이 긴 이유요.

아빠　거짓말은 발이 짧아. 그건 변하지 않아.

아들　그치만 죽을 때까지 영원히 진실이 안 드러나는 경우도 있잖아요!

아빠　어떤 거짓말도 영원히 가진 않아! 진실을 밝혀내기 위해 얼마나 많은 기자들, 언론인들이 밤낮으로 뛰어다니는데! 그 사람들은 털끝만큼이라도 미심쩍은 사건이 있으면 눈에 불을 켜고 찾아다닌다구!

아들　그치만 그 사람들도 언젠가는 죽잖아요. 그때까지 진실을 못 밝혀내면요?

아빠 그것 참 날카로운 지적이구나. 하지만 대개는 자신이 시작한
일을 마무리할 정도로는 살아.

아들 그럼 만약에 어떤 정치가가 공장 사장한테 크게 오염되지만 않
으면 쓰레기를 바다에 갖다 버려도 좋다고 했다면요?

아빠 정치가가 그렇게 말했다면 사실이겠지.

아들 그런데 삼십 년이나 오십 년쯤 지난 뒤에 물고기들이 다 죽어버
리면요? 그래도 거짓말이 발이 긴 게 아니에요? 그땐 기자들도
더이상 증명할 수가 없잖아요!

아빠 내 말 똑똑히 들으렴. 지금 네가 수없이 인용하고 있는, 그것도
잘못 인용하고 있는 그 속담들은 그런 예에는 전혀 맞지 않아!
그 속담들은 아주 오래된 거고, 아마…… 아마 그 당시 말 도둑
같은 사람들한테 교훈을 주려고 생겨났을 거야.

아들 말 도둑이 어쨌는데요?

아빠 옛날에는 말을 도둑맞는 일이 아주 많았거든. 말을 안 훔쳤다
고 극구 부인하는 사람 마구간에서 도둑맞은 말이 발견되는 일
이 아주 흔했지. 그래서 거짓말은 발이 짧다는 속담이 생겨난
거야.

아들 훔친 말을 자기 마구간에 넣어두는 바보가 세상에 어디 있어
요?

아빠   아빠 말은 그러니까, 거짓말을 하는 사람은 모두 자기 거짓말이 곧 들통날 거란 걸 알고 있어야 한다는 거야!

아들   그거야 말을 제대로 못 숨겼을 경우에나 그렇죠.

아빠   꼭 말 도둑의 경우가 아니라 일반적으로 그렇단 말이야!

아들   찰리 아빤 요즘 거짓말을 하고도 별탈 없이 지나가는 일이 너무 많다고 하던걸요.

아빠   아무리 그래도 어떤 거짓말이든 위험 부담은 있게 마련이야!

아들   보통 사람들한테는 그렇죠. 정치가들한테는 안 그래요.

아빠   보통 사람이나 정치가나 마찬가지야!

아들   그치만 아빠, 어떤 정치가가 체르노빌 사건은 완전히 해결됐으니까 뭐든 마음놓고 먹어도 된다고 했다고 생각해보세요. 그랬는데 이십 년쯤 지나서 사람들이 병에 걸리고, 또 죽으면요? 그때 가서 그 거짓말을 한 정치가가 벌을 받을까요?

아빠   하지만 그땐 더이상 그 병의 원인이나 사망 원인을 밝혀낼 수 없잖아. 그 사람들이 담배를 너무 많이 피워서 죽은 건지, 아님 또다른 이유에서 죽었는지 알 게 뭐야!

아들   (잠시 있다가) 근데 아빠 왜 정치가들을 그렇게 감싸는 거예요?

아빠   정치가들을 감싸는 게 아니라 이성적으로 생각하는 것뿐이야. 그리고 공평하게!

아들 아빠 그럼 정치가들이 지금 유해 물질을 어딘가 몰래 파묻게 했다가 백 년쯤 후에 그 땅이 완전히 썩어버려도 공평하다고 할 거예요?

아빠 그렇게 극단적으로는 생각하지 않아!

아들 정치가들이야 상관없겠죠. 백 년 후에 무슨 일이 생기든 말예요.

아빠 그 사람들한테도 상관이 없는 건 아니야. 정치가들이 어떤 결정을 내릴 때는 다음 세대의 상황까지 고려하게 마련이니까!

아들 별로 긴 것도 아니네요 뭐. 정치가들은 어차피 모두 늙었잖아요.

아빠 그 사람들 나이가 중요한 게 아니야! 책임감 있는 정치가라면 백 년, 천 년, 아니 그 이후까지도 내다볼 줄 안다구!

아들 물론 책임감이 있는 사람이라면요……

아빠 그래.

아들 그런데 아빠, 그런 사람 말은 아무도 안 듣잖아요!

사랑은 얼마예요?

아들　　아빠, 찰리가 그러는데요, 걔네 누나가 사랑은 대가 없이 주는 거래요!

아빠　　(건성으로) 뭐, 뭐라고 했니, 뭘 대가 없이 준다고?

아들　　사랑요!

아빠　　사랑? 사랑이야 항상 대가 없이 주는 거 아닌가? 걘 사랑을 주는 대신 뭘 받고 싶다고 하든? 그 얘긴 이쯤에서 그만두자. 별로 할 얘기도 없을 것 같으니까.

아들　　찰리 누나 얘기가 바로 그거예요. 사랑은 대가를 바라면 안 된다구요.

아빠　　그 얘긴 아까도 했잖아. 사랑은 공짜라고! 그애가 무슨 뜻으로 그렇게 말했는지는 모르겠지만……

아들 어떤 사람이건 자기가 가진 돈이나 권력에 상관없이 자기 자체
만으로 사랑받고 싶어한다는 뜻이에요!

아빠 '자기 자체만으로'라니! 허 참! 그애는 그게 뭐 대단히 새로운
발견이라도 되는 줄 아는 모양이지?

아들 그런 말이 어딨어요, 아빠!

아빠 사실이잖아! 항상 똑똑한 척, 잘난 척은 저 혼자 다 하더니 오늘
은 웬일로 남들도 다 아는 그런 시시한 소릴 하는 거냐구! 아니,
사람이 사람 그 자체로 사랑받는 거지 아니면 뭐 때문에 사랑받
겠니? 행여 자기 할머니 때문에 사랑받을까!

아들 아뇨, 그치만 다른 사람이 시키는 대로 고분고분 잘해서 사랑
받을 수도 있잖아요!

아빠 사랑받기 위해서 상대방이 기뻐할 일을 하는 게 뭐 그렇게 나쁜
거니? 항상 다른 사람들 기대에 어긋나는 행동만 하는 사람이
사랑을 받을 수 있을 것 같니?

아들 아빠 항상 내 얘길 이상한 쪽으로만 해석하는 것 같아요! 내 말
은 그런 뜻이 아니란 말예요.

아빠 도대체 그 사랑받는 대상이 누구니? 애들이냐?

아들 네, 왜냐하면 어릴 때부터 시작되는 거니까요. 그리고 애들은
자기 자신한테 무슨 일이 일어나고 있는지 잘 모르거든요.

아빠 하지만 부모님들이 잘 지켜보고 있잖아. 애들한테 무슨 일이

일어나는지! 부모가 시키는 대로 안 했다가 금방 뭘 깨뜨리거나 집에 불을 내거나 하는 소동이 벌어지니까!

아들 아빠 꼭 모든 애들이 다 자기 집에 불을 내는 것처럼 얘기해요!

아빠 부모가 따라다니면서 끊임없이 이래라저래라 하지 않으면 실제로 꼭 무슨 일이 일어난다구! 너도 우리집 쓰레기통을 태워먹을 뻔하지 않았니, 그 이상한 실험인가 뭔가 하다가……

아들 …… 그리고 아빠 크리스마스 트리를 태워버렸구요!

아빠 내가 그랬다구? 그게 나 혼자 그런 거냐?

아들 됐어요. 어차피 실수였는데요 뭐. 어쨌든 찰리 누나가 그러는데, 사랑이 어떤 일에 대한 보상이 되어선 안 된대요. 안 그러면 그 아인 더이상 자기가 원하는 대로 행동하지 못할 거래요.

아빠 글쎄, 애들은 지금도 충분히 하고 싶은 대로 하고 사는 것 같은데, 부모가 시키는 대로 하는 게 아니라…… 그래도 부모들은 변함없이 자식들을 끔찍이 사랑하고 말이야!

아들 그렇게 생각해요?

아빠 그럼, 당연하지.

아들 그럼 왜 애들한테 그런 말을 안 해주는 거예요?

아빠 뭐?! 그런 걸 어떻게 말로 하니? 그럼 너한테 이렇게 말해야겠니? "집에서 얌전히 숙제하고 있어라. 하지만 걱정 말아라. 만약 아빠 말 안 듣고 찰리한테 가더라도 아빠 널 변함없이 사랑할 테니."

아들   아뇨, 그런 거 말구요! 지금 숙제하라는 말에 순종하는 그런 시시한 걸 말하는 게 아니에요. 그런 거 말고 좀 거창한 거 있잖아요, 안나한테 생긴 일 같은 거 말예요.

아빠   안나가 누구니?

아들   우리 반 애 있잖아요, 스케이트를 아주 멋있게 잘 타는. 아빠한테 전에 한번 애기했는데.

아빠   아, 그래, 생각난다. 그런데 그애가 어쨌는데?

아들   안나가 더이상 스케이트를 안 타겠대요. 애를 어찌나 괴롭혔는지, 그앤 이제 얼음판만 봐도 치가 떨린대요!

아빠   그럼 그만두면 될 거 아니냐.

아들   근데 용기가 안 난대요. 그 애기 했다가 엄마가 너 같은 거 괜히 낳았다고 할까봐 무섭대요!

아빠   설마! 그건 너무 지나친 과장 아니냐?

아들   아니에요. 안나가 어쩌다가 너무 피곤해서 스케이트 연습을 못하겠다고 하면 그애 엄마 표정이 어떤 줄 아세요? 아빠도 봤어야 해요. 시간당 강습비가 얼마인 줄 아느냐고 막 소리까지 친다구요.

아빠   그렇게 돈을 날리는 건 사실 정말 아까운 일이지. 어쨌든 그렇다고 안나 엄마가 안나를 사랑하지 않는 건 아닐 거다. 설사 그

애가 커서 공주처럼 우아하게 스케이트장을 누비는 대신 축구
장에서 뛰고 구른다 해도 말이다!

아들　　못 믿겠어요.

아빠　　못 믿겠다면 나도 어쩔 수 없지.

아들　　안나도 아빠 말을 못 믿을 거예요. 그리고 그 어린 체조 선수들
도 그럴걸요!

아빠　　어린 체조 선수라니?

아들　　평행봉이나 평행대 위에서 날아다니는 애들 있잖아요. 이중 공
중돌기나 덤블링 같은 거 하는 애들. 상 하나 타려구요!

아빠　　그래, 그게 애들한테 고된 훈련이란 건 인정하마. 하지만 누구
도 그 아이들한테 그걸 강요할 순 없어.

아들　　강요할 수 있어요. 할 수 있다구요! "엄마 아빠를 실망시키지
말아라." "계속하지 않으면 아무도 널 사랑하지 않을 거야." 애
들한테 그렇게 얘기하는 게 강요가 아니고 뭐예요?

아빠　　넌 항상 너무 과장해서 생각하는 게 탈이야! 그런 건 드라마에
나 나오는 얘기야.

아들　　그건 현실이에요! 찰리 누나가 그러는데, 그애들은 우리에 갇
힌 야생동물이나 다름없대요! 잘하면 설탕을 받지만 잘 못하면
매를 맞는!

아빠　　야생동물들은 설탕 안 먹어! 체조 선수들이 매를 맞는 것도 아

니고! 그리고 사람은 말을 할 수 있는데 왜 동물이랑 같다는 거냐? 자, 어때, 네가 틀렸지?

아들　입이 있어도 무서워서 아무 말도 못 하는데 무슨 소용이에요! 아빠, 이 세상에 어떤 애가 자기가 원해서 하루에 열여섯 시간씩 수영 연습을 하겠어요? 그건 순전히 부모나 다른 어른들 때문이라구요!

아빠　너, 너무 흥분하는 거 아니냐?

아들　찰리 누나 말이, 아이들이 연습을 안 하려고 하면 어른들이 더 이상 사랑하지 않을 거라고 협박한다잖아요! (아빠, 땅이 꺼져라 한숨을 쉰다) 그런 협박에 한 번 넘어가면 다음에도 계속 그렇게 된대요!

아빠　계속 어떻게 된다고?

아들　그러면 이다음에 커서도 원하지 않는 직업을 가지고, 사랑하지도 않는 사람과 결혼을 하고, 싫어하는 사람한테 싫어하는 티도 못 내고…… 그게 모두 사랑받기 위해선 대가를 치러야 한다는 생각에 길들여져서 그런 거래요, 찰리 누나가.

아빠　아빠가 한마디하마. 그건 모두 터무니없는 생각이야. 다시 한 번 말하지만, 부모가 죽을 때까지 자식을 사랑하는 건, 그 누구도 어길 수 없는 자연의 섭리라구. 애들이 부모를 실망시킨다고 변하는 게 아니야!

아들 부모님은 왜 아이들에게 실망을 하죠?

아빠 부모가 바라는 대로 아이들이 커주지 않아서지.

아들 부모님은 왜 자식한테 그런 걸 바라는 거예요?

아빠 ……인간은 희망 없인 살 수 없는 존재니까.

아들 자식이 하는 대로 가만히 지켜볼 순 없는 거예요?

아빠 그건 바람직한 교육이 아니야!

아들 하지만 아이들은 부모한테 이래라저래라 안 하잖아요.

아빠 웬일로 그런 말이 안 나오나 했다! 부모는 이미 어른이고 완성
된 인간이야. 그러니까 어른한테는 이래라저래라 할 필요가 없
는 거라구.

아들 어차피 그렇게 하는 애들도 없어요. (잠시 뭔가 생각한다) 아
빠, 뭐 한 가지 말해도 돼요?

아빠 또 뭐? 너 혹시 사고라도 쳤니?

아들 아뇨. 그냥 저 그만뒀다구요……

아빠 뭘 그만뒤?

아들 바이올린요.

아빠 그, 그건…… 정말 믿을 수가 없구나! 어떻게 그런 걸 의논 한
마디 없이 너 혼자 결정할 수 있니? 너 혹시 내가…… 너도 바
이올린 배우는 거 좋아했잖아! 학교 오케스트라에서 연주하고
싶다고!

아들 그랬죠. 그치만 너무 듣기가 싫었어요!

아빠 뭐? 바이올린 소리가 듣기 싫었다구?

아들 아뇨, 내가 연주하는 소리요! 도저히 참을 수가 없었어요!

아빠 그럼 나아질 때까지 연습을 더 해야지!

아들 아무리 연습을 해도 나아질 것 같지가 않았어요…… 아빠, 나
한테 화난 거예요?

아빠 그래, 그럼 잘했다고 칭찬할 줄 알았냐? 널 도대체 어떻게 하면
좋겠니. 네가 한번 말해봐라. 어디! 응?

아들 내가 아빠한테 하는 거랑 똑같이요……

아빠 뭐라고? 어떻게 하라고?

아들 아빠도 바이올린 못 켜잖아요. 그래도 전 아빨 사랑한다구요!

책임감

아들 아빠, 찰리가 그러는데요, 걔네 아빠가 책임감이란 게 뭔지 도대체 이해를 못 하겠다고 했대요!

아빠 다시 한번 천천히 말해봐. 찰리 아빠가 또 뭘 잘 모르겠다고 했단 말이지. 그래, 그게 대체 뭐냐?

아들 사람들이 어떤 걸 책임감이라고 부르는지 잘 모르겠다구요.

아빠 그건 아마 찰리 아빠가 회사에서 맡고 있는 일이 그렇게 책임이 큰 일이 아니라서 그럴 거다. 부하 직원도 몇 명 없지?

아들 잘 모르겠어요. 아, 맞다. 견습생들이 있다고 했어요.

아빠 그래, 견습생이라…… 책임이 그리 많은 자리는 아닌 것 같구나……

아들 더 많이는 감당할 수도 없대요!

아빠 (웃으며) 왜? 견습생들이야 뭐 특별히 신경쓸 일도 없을 텐데……

아들 책임감 때문에요.

아빠 뭐 때문이라고?

아들 찰리 아빤 사람들이 자기가 감당할 수 있는 만큼의 책임을 맡아야 한다고 했어요.

아빠 그것 참 좋은 말이구나! 하지만 책임감은 돈으로 환산할 수 있는 게 아니야. 책임감을 돈으로 계산하려는 건…… 마치 목욕물 온도를 자로 재려는 것과 같아!

아들 그렇게 바보 같은 사람이 어디 있어요?!

아빠 바로 그거야. 그건 누구나 다 아는 사실이지. 그런데 찰리 아빤 모르는 것 같구나.

아들 찰리 아빤 욕조의 물 높이를 재려는 게 아니잖아요.

아빠 아빠 말은 그러니까, 책임감은 돈으로 환산할 수 없다는 얘기였어.

아들 그럼 만약…… 만약 다리 공사를 책임지는 사람은요?

아빠 다리의 안전도를 시험하는 통계학자도 그런 사람들이지.

아들 다리가 무너지면요? 그럼 그 사람이 다 책임지는 거예요?

아빠 아마 통계학자 혼자서 그걸 다 감당하진 않을 거야. 그리고 그런 일을 할 땐 보통 미리 보험을 들지.

아들 그치만 정말 심각한 일에는 보험도 없어요.

아빠 '정말 심각한 일'이라니?

아들 예를 들어서, 어떤 정치가가 "전쟁을 일으켜야 한다"고 말했다고 해봐요. 그런데 그 일로 진짜 전쟁이 나면 그걸 누가 보상하겠어요?

아빠 그래, 그건 누구도 보상할 수가 없지. 그래서 사실 그런 일은 누구에게도 기대하지 않아. 그저 그런 결정권을 가진 사람이 잘 알아서 양심껏 행동해주기를 바랄 뿐이지.

아들 누구의 양심이요?

아빠 그야 결정을 내리는 사람의 양심이지.

아들 그 사람이 양심이 없는 사람이면요? 찰리 아빠가 그러는데, 전쟁을 일으키는 사람들은 양심이 없다던데요!

아빠 꼭 그렇다고는 할 수 없어. 그런 경우도 있고 안 그런 경우도 있지. 그건 역사를 봐도 그래. 하지만 평화냐 전쟁이냐를 결정해야 하는 사람은, 그것만으로도 이미 인간의 능력을 초월하는 책임감을 떠맡은 거나 다름없어.

아들 그럼 그런 사람들은 초능력자예요?

아빠 아니, 그런 말이 아니라 그런 사람들은…… 그러니까 그 뭐냐…… 그래, 인간으로서 감당하기 힘든 짐을 지게 된다는 뜻이야.

아들 그런데 그 일이 잘못되면요?

아빠 그러면 그야말로 비극적인 상황이 벌어지는 거지. 그리고 아까 얘기한 것처럼 그 일의 책임자는 자신의 양심에 따라 그 결과에 책임을 져야 해.

아들 그래도 아무 소용이 없잖아요. 일은 이미 벌어진걸요.

아빠 중요한 건 소용이 있느냐 없느냐 하는 게 아니야.

아들 그럼 뭐가 중요한데요?

아빠 자신의 책임을 인정, 그러니까 시인하는 거지!

아들 왜 그걸 시인하는데요?

아빠 그야 물론 책임감 때문이지. 그 일에 뒤따르는 책임감!

아들 찰리 아빠 말로는, 그 사람들은 무조건 책임을 다 떠맡는대요. 어차피 책임을 못 질 테니까요!

아빠 찰리 아빠가 잘 몰라서 그러는 거야! 저 위에 있는…… 그러니까 나라에 막중한 책임을 지고 있는 사람들이 어떤지는 하나도 모른다구!

아들 그치만 어떤 일이건 책임을 진 사람은 행동을 하기 전에 신중하게 생각해야 한다는 말이 틀린 건 아니잖아요.

아빠 그 사람들은 그렇게 해! 중요한 결정을 내려야 하는 사람들은 모두 신중하게, 그리고 철저하게 다 생각해본다구!

아들 그치만 어떤 사람들은 나중에서야 책임을 진대요! 찰리 아빠가 그랬어요. 일이 터진 다음에요.

아빠 그건 말이다, 안타까운 일이지만 테러 공격 같은 예측 불가능한 사건일 경우엔 어쩔 수 없는 거란다! 생각지도 못한 곳에서 어느 날 갑자기 폭탄이 터지면 들어보지도 못한 이상한 단체가 나타나서는 자기들 책임이라고 하는 데는 정말! 정말 코미디야, 코미디!

아들 그러니까 아빠도 그런 뒤늦은 반응이 정상이 아니라고 생각하는 거죠?

아빠 원칙적으론 그렇지. 예를 들어 공장에서 안전 사고가 발생했을 때, 그러니까 인화성 물질이 폭발하거나 화재가 나면 즉시 책임자가 나서는 거야. 물론 그것도 사건이 터진 후이긴 하지만.

아들 그럼 그 다음엔 뭘 해요? 책임자라고 나선 다음에요.

아빠 경우에 따라선 모든 대가를 치르게 되지.

아들 그게 어떤 건데요?

아빠 사표를 쓰는 것도 그렇고.

아들 그게 다예요?

아빠 그 정도면 그 사람으로선 최대의 희생을 감수하는 거야! 그 정도면 누구나 책임감이 얼마나 무서운 건지 뼈저리게 느끼게 되지.

아들 그럼요, 무서운 거죠! 하지만 정말 이상해요!

아빠　뭐가 이상하다는 거냐?

아들　책임감이라는 거요. 왜 책임을 '떠맡는다'고 말하는 거죠? 어떤 걸 떠맡는다는 건 원래 그전엔 없었다는 거잖아요. 그전부터 책임감을 안 가지고 있었다는 건……

아빠　또 말장난이니? 재미없으니까 그만둬!

아들　그럼 처음부터 책임을 가지고 있었다면 왜 떠맡는다고 말하는 거죠?

아빠　누구한테 진짜 책임이 있는지 분명하지가 않은 경우도 많으니까 그렇지. 그런 경우엔 책임 소재를 분명히 하기 위해서 그런 거야.

아들　흠, 그럼 그렇게 해서 책임자가 밝혀지면 그런 걸 두고 '전적인 책임'이라고 하는 건가요?

아빠　(한숨을 내쉬며) 누군가에게 전적인 책임이 있다는 말은 그 사람에게 사건의 모든 책임이 있다는 뜻이야. 하지만 여러 사람에게 책임이 있는 경우도 많거든.

아들　찰리 아빠가 그러는데 '전적인 책임'이라는 건 다 허풍이래요. 전부 뻥이라구요.

아빠　진짜 '뻥' 치는 건 찰리 아빠야! 도대체 자기 말에 책임도 못 지면서 애들한테 무슨 소릴 하는 건지!

아들　찰리 아빠 그 말밖에 안 했는데. 그것도 책임을 져야 하나요?

아빠 그래. 말 한마디가 잘못 행동하는 것보다 더 큰 문제를 불러올 수도 있으니까! 그래서 찰리 아빠가 너한테 그렇게 이상한 얘기를 하는 건 너무나 무책임한 거야! 특히 너 같은 애한테 말이다!

아들 난 아무렇지도 않은걸요.

아빠 네가 정말 아무렇지도 않은지 어떤지는 너도 알 수 없어! 이제 그만 하자, 너에게 물어볼 것도 있고.

아들 뭔데요?

아빠 너 지난주에 본 수학 시험은 어떻게 됐니?

아들 아, 그거요……

아빠 잘 봤어?

아들 저, 그게…… 사실은 망쳤어요.

아빠 망쳤어? 완전히?

아들 네. 답이 다 틀렸더라구요.

아빠 그래, 그것 참 놀라운 일이구나! 아빠한테 할말은 없니?

아들 할말이 뭐 있겠어요? 그 일에 대해선 물론 내가 전적으로 책임질 거예요!

찰리 아빠가 늙으면

아들 아빠, 찰리가 그러는데요, 걔네 아빤 늙으면 무슨 일을 할지 미리 생각해뒀대요!

아빠 그것 참 축하할 일이구나! 하지만 난 별로 알고 싶지 않은걸.

아들 왜요?

아빠 나랑은 상관없는 일이잖니.

아들 내 생각엔…… 아빠도 늙어서 그러면 좋을 것 같은데.

아빠 이 아빠 노후 생활까지 미리 걱정해줘서 고맙다만, 난 아직 늙어서 뭘 할까 하는 것까지 생각하고 싶진 않구나. 더구나 찰리 아빠의 노후 계획이라면 정말 듣고 싶지 않다구!

아들 찰리 아빤 이젠 늙는 게 하나도 안 두렵대요. 그게 다 늙어서도 멋진 일을 할 수 있다는 걸 깨달아서래요!

아빠   (큰 소리로 웃으며) '멋진 일'이라고 했니? 행여나 관절염 때
　　　문에 그 계획에 차질이나 생기지 말아야 할 텐데.

아들   관절염이라니요?

아빠   아니면 혈액순환 장애라든가 간경화라든가……

아들   찰리 아빠가 왜 그런 병에 걸린다는 거예요?

아빠   사람은 나이를 먹으면 몸 어딘가가 고장나게 마련이야. 어쨌든
　　　이 아빠에게 하고 싶은 일이 생기면 굳이 늙을 때까지 기다리진
　　　않을 거다.

아들   그치만 그건 늙어야 할 수 있는 일이에요. 찰리 아빠가 하려는
　　　일 말예요.

아빠   혹시 분장하지 않은 진짜 산타클로스 흉내라도 내고 싶다든?

아들   아빠, 정말……

아빠   그럼 도대체 뭐냐? 아님 혹시 '백 살짜리 노인 클럽'이라도 만
　　　들겠다든? 그러려면 백 살이 될 때까지 기다려야겠구나!

아들   내 말 들을 거예요, 말 거예요?

아빠   솔직히 말하면 별로 듣고 싶지 않구나.

아들   찰리 아빠 말이 사람은 늙으면 새로운 일을 많이 시작할 수 있
　　　대요. 더이상 위태로울 게 없으니까요.

아빠   위태롭다니, 뭐가 말이냐? 겁 없이 아무 말이나 막 하는 입 말
　　　이냐?

아들 (아랑곳하지 않고) 아주 젊은 사람들이나 아예 노인들이 모험을 할 수 있는 거래요. 사실은 노인들이 더요. 노인들이 데모한다고 연금을 안 준다거나 그런 소린 아빠도 들어본 적 없죠?

아빠 그럼 데모를 하겠다는 거냐? 아니 정신이 오락가락하는 노인이 돼서 데모는……

아들 정신이 오락가락한다구요? 아빠 그럼 모든 할아버지 할머니들이……

아빠 (당황해서 얼버무리며) 알았다, 알았어. 방금 그 말은 취소다. 그래, 찰리 아빠 더 나이가 들면, 그 건강하고 또렷한 정신으로 무슨 데모를 하겠다는 거냐?

아들 그거야 지금은 알 수 없죠! 그치만 찰리 아빠 그때도 세상이 지금 같다면 분명히 용감한 사람들이 많이 필요할 거래요!

아빠 흥, 지금도 용감한 사람들은 많아! 너무 용감해서 탈이지. 돌을 던져서 애꿎은 가게 유리창을 부수질 않나, 훤한 대낮에 은행을 털질 않나……

아들 (말을 가로막으며) 그치만 찰리 아빠가 말하는 용감한 사람들이란 정의로운 일을 하는 사람들을 얘기하는 거예요! 찰리 아빠가 하려고 하는 일도 그런 거구요.

아빠 그럼 구세군 회관에 한번 가보라고 해라. 구세군들은 도움이 필요한 곳이라면 세상 어느 구석이든 못 가는 데가 없고 또 필

요할 경우엔 팝 페스티발 같은 데서 노래까지 부르는 용감한 사
람들이니까!

아들 찰리 아빠 직접 할 만한 일을 찾아보겠대요.

아빠 두고 보면 알겠지. 삼십 년 뒤에, 내가 혹시 그때까지 살아
있으면 말이다, 오늘 한 얘기를 다시 한번 해주겠니. 그때
찰리 아빠가 어떤 멋진 일을 하고 있을지 내 눈으로 꼭 보고
싶으니까!

아들 어쩌면 그땐 텔레비전에 나올지도 모르죠.

아빠 그것도 눈여겨보마. 삼십 년 후에 더 나은 교육 환경을 보장하
라고 젊은 엄마들이 데모하는 현장에 웬 나이든 노인이 끼어 있
으면, 십중팔구는 찰리 아빠겠지, 안 그러니?

아들 그거야 알 수 없죠! 어쩌면 그땐 더 많은 할아버지 할머니들이
찰리 아빠처럼 생각하게 될지도 모르잖아요.

아빠 뭐?

아들 정말이에요. 아빠도 얼마 전에 그랬잖아요. 더이상 우리나라에
핵폐기물을 안 묻었으면 좋겠다고.

아빠 그래서? 그게 이거랑 무슨 상관이냐?

아들 그런데두 아빠 환경연합 사람들이 서명해달라고 할 때 안 했어
요.

아빠 아빠 공무원이야. 그런 일은 하면 안 돼. 공무원은 나라에서 결

정한 일에 반대하는 일을 할 수 없다구. 그게 아무리 개인적으로는 하고 싶은 일이라고 해도 말이다.

아들 그럼 아빠도 노인이 되면 그렇게 할 수 있겠네요, 그쵸?

아빠 내가 노인이 되면 그런 일엔 아예 관심조차 없어질 거다.

아들 왜요?

아빠 어차피 곧 죽을 건데 그런 일에 열 올려서 뭐 하겠니?

아들 세상에! 당연히 날 위해서죠. 그리고 내 아이들을 위해서.

아빠 널 위해서는 그전에 내 할 일을 다 할 테니 걱정하지 말아라. 그리고 네 아이들은 네 몫이까 네가 알아서 하고.

아들 그치만 내 차례가 됐을 때, 그렇게 못 할 상황일 수도 있잖아요. 난 그때 아직 젊을 텐데 데모하다가 문제라도 생기면……

아빠 우리 일단은 조용히 좀 기다려보는 게 어떻겠니? 제발 그때까진 귀찮게 하지 말고 아빨 내버려둬, 알겠니?

아들 내가 뭘 귀찮게 했다구요. 아빠, 만약 할아버지 할머니들이 빈 집을 차지하고 있으면 경찰들도 어쩐지 못하겠죠?

아빠 아무리 노인들이라고 해도 법에 어긋나는 일을 하면 경찰도 젊은 사람들과 똑같이 다룰 수밖에 없어. 노인이라고 처벌을 피해갈 순 없어!

아들 그래도 설마 때리진 않겠죠?

아빠 그러진 않겠지만 그 집에서 끌어내겠지! 네 생각엔 노인들이 그런 모험까지 감수할 수 있을 것 같니?

(잠시 침묵)

아들 그래도 그런 일이 일어나면 효과 만점일 거예요, 그쵸? 경찰들이 할머니 할아버지들을 질질 끌고 가는 모습을 한번 상상해봐요! 찰리 아빠가 그러는데 사람들이 그런 모습을 보면 사회에 대해서 한 번쯤 생각하게 될 거래요!

아빠 그런 모습을 보면서 저런 노인들은 일찌감치 양로원에 보내는 게 나았을 텐데, 후회나 안 하면 다행이지!

아들 그 할머니 할아버지들은 이미 양로원에서 사는걸요. 그래도 좋은 일을 위해서 데모를 할 순 있다구요.

아빠 그런 일이 있다는 건 금시초문이구나.

아들 곧 듣게 될 거예요.

아빠 곧 뭘 한다구?

아들 그 비슷한 소식을 듣게 될 거라구요. 사실은 우리 할아버지가 데모에 참가할 거거든요, 내일.

아빠 네 할아버지가 뭘 한다구?

아들 데-모-요. 할아버지랑 또 같은 양로원에 있는 할아버지 할머니 열 분이 다 같이요.

아빠 그분들 정말 어떻게 되신 거 아니냐? 도대체 무엇 때문에 데모를 하신다더냐?

아들 아빠도 양로원 건너편에 빈 건물 있는 거 알죠? 왜 낡은 건물
    있잖아요.

아들 그래, 알아. 원래는 스포츠 센터였지, 아마? 그게 어쨌길래?

아빠 대학생들이 그곳을 수리해서 휴게실 같은 걸 만들었대요. 뭐
    주인이 따로 있었던 것도 아니니까요. 그래서 몇 달 동안 열심
    히 땀 흘려서 멋지게 만들어놨어요. 탁구대랑 체스판도 있고
    또 작은 디스코텍도 있고 목공소까지 있어요. 가구 만들기를
    좋아하는 사람들한테는 딱 안성맞춤이래요.

아빠 그런데?

아들 그런데 그걸 다시 없애야 한다지 뭐예요? 그곳에 빌딩 주차장
    을 만든대요.

아빠 사실 말이지 요즘 시내엔 주차 시설이 너무 모자라. 그렇다고
    차들을 포개놓을 수도 없고!

아들 그치만 그렇게 많은 사람들이 공 들여서 만들어놓은 걸 없애버
    린다는 건 너무하잖아요.

아빠 그 대신 시에서 다른 곳에다 그 비슷한 걸 세워줄 거야. 그만한
    생각은 관계자들이 벌써 다 했을 거라구. 그리고 어찌 됐건 그
    런 이유로 노인들을 이용한다는 건 말도 안 돼!

아들 그치만 할아버지, 할머니들도 그곳을 정말 좋아하는걸요! 구경
    거리가 생겼다고 얼마나 좋아했는데.

아빠 볼거리만 생겼겠냐, 들을거리도 굉장할 거다! 밤이 되면 어디
서 살인이라도 벌어진 것처럼 난리법석일걸.

아들 할아버진 그런 말 안 하던걸요. 할아버지도 가끔 탁구 치러 가
고 그랬거든요, 양로원 친구들이랑 같이. 그런데 대학생들이
싫어하지 않았대요.

아빠 어쨌든 그런 일에 네 할아버지가 휘말리는 건 절대로 있을 수
없는 일이야!

아들 아빠도 어쩔 수 없을걸요. 부모가 하는 일을 자식이 막을 순 없
잖아요.

아빠 넌 이 일에 상관하지 말아라! 난 어린아이도 아니고 또 이번 일
은 내 개인적인 명예와도 관련이 있단 말이야!

아들 왜요?

아빠 경찰들이 할아버지의 인적 사항을 조사하기라도 해봐. 그러면
내가 그분 아들이란 게 금방 밝혀질 거 아니냐?

아들 그치만 아빠가 데모한 것도 아니잖아요. 그러니까 아빠한텐 아
무 일 없어요.

아빠 도무지 어떻게 해야 좋을지 모르겠구나.

아들 내가 아빠라면 굉장히 좋아했을 것 같은데……

아빠 좋아한다구? 왜?

아들 정의로운 일을 하는 용감한 아빠가 있으니까요.

우리가 해야 할 일

아들 아빠, 찰리가 그러는데요, 걔네 아빠가 사람들은 대부분 자신
의 처지를 생각 안 한다고 했대요.

아빠 그 말엔 나도 전적으로 동감이다. 해마다 대출에 카드 빚까지
져가면서 마구 쓰다가 패가망신하는 사람들이 얼마나 많은 줄
아니. 생각만 해도 끔찍하다니까.

아들 아이, 그런 뜻이 아니구요! 사람들은 사실 자기 생각보다 훨씬
형편이 낫대요!

아빠 그건 평생 동안 저금통장 한 번 안 깨고 모으기만 한 노인들한
테나 해당되는 말인 것 같구나. 그렇지만……

아들 (말을 가로막으며) 찰리 아빠 말은, 형편이 좀 나은 사람들이
일도 많이 할 수 있다는 거예요!

아빠 하! 찰리 아빠가 국가 경제를 살리기 위해 돈을 물 쓰듯 해야 한
다는 새로운 이론이라도 개발했나보지?

아들 돈 얘기가 아니에요! 아빤 뭐든지 꼭 돈하고 연결시키시는 것
같아요!

아빠 그럼 돈 없이 무슨 일을 어떻게 한단 말이냐?

아들 돈 없이도 할 수 있어요.

아빠 아 그래, 뻔뻔한 데는 돈이 필요 없지! 돈 없이도 다른 사람한테
뻔뻔하게 굴 수는 있다구! 하지만 네 얘긴 그런 뻔뻔함에 관한
것도 아니겠지, 안 그러니?

아들 아니에요, 직접적으로는. 뻔뻔한 거라기보단 진실에 관한 거예
요.

아빠 (소리내어 웃으며) 그래, 네 말대로 진실을 말할 때도 돈은 안
들겠구나. 처음부터 그렇게 말하면 될걸, 뭐 대단한 거라도 되
는 것처럼 꼭 그렇게 빙빙 돌려서 말해야겠니? 그냥 '정직한
사람은 항상 진실만을 말한다' 뭐 그렇게 말하면 간단한 걸 가
지고!

아들 그치만 많은 사람들이 문제가 생길까봐 진실을 말 안 해요.

아빠 진실을 꼭 어떤 사람 면전에서 말해야 하는 건 아니야! 적당한
요령이 필요하지.

아들 찰리 아빤 그게 힘의 문제래요, 아니면 특별한 줄이라든가 뭐

그런 거……

아빠 찰리 아빠는 무슨 문제든지 꼭 계급간의 갈등으로 몰고 가더구나.

아들 그치만……

아빠 (말을 가로막으며) 아빠 말 잘 들어봐. 이건 사실 아주 간단한 문제야. 예를 들어서 힐데 고모의 새 헤어스타일이 너무 나이 들어 보인다고 생각되면 아빤 고모 기분이 상하지 않도록 요령 있게 돌려서 말하겠어. 그러면 힐데 고모도 아빠의 의도를 나쁘게 받아들이지 않을 거라구.

아들 그런데도 힐데 고모가 기분 나빠하면 어떡하죠? 그럼 아빠도 화낼 거예요?

아빠 그쯤은 참을 수 있어!

아들 그러니까 아빤 진실을 말할 수 있는 처지인 거예요.

아빠 내 처지랑 상관없이 난 항상 진실을 말할 수 있어.

아들 알았어요. 그치만 힐데 고모 얘긴 별로 적당한 예는 아닌 것 같아요. 힐데 고모의 헤어스타일이야 도덕적으로 나쁜 건 아니니까요. 그치만 얼마 전에 우리 반에서 일어난 일은 정말……

아빠 그래, 어디 한번 들어보자꾸나.

아들 얼마 전에 새로 온 체육 선생님 있잖아요?

아빠 그래, 나도 알아. 슈스터 선생님이지? 지난번 학부모 회의 끝나고 그 선생님이랑 몇 마디 나눠봤거든. 아주 좋은 사람이더구나.

아들 선생님도 아빨 좋게 봤을까요?

아빠 (웃으며) 안 그럴 이유가 없잖니? 아마 그럴 거다! 그런데 그건 왜? 너 또 무슨 꿍꿍이냐?

아들 왜냐면…… 슈스터 선생님이 베르너한테 너무 심하게 하거든요. 늘 핀잔을 주거나 야단을 쳐요!

아빠 선생님이 보기에 베르너가 너무 게으른 것 같았나보지.

아들 아니에요, 그애가 얼마나 열심히 한다구요! 그런데 노력을 해도 소용이 없어요. 그런데 슈스터 선생님은 우스갯소리로 베르너를 놀리는 거예요! 어제는 거의 울 뻔했다구요, 불쌍하게……

아빠 그게 사실이라면 베르너 부모님이 그 선생님을 한번 만나봐야겠구나……

아들 베르너는 엄마뿐인데 항상 몸이 아파서……

아빠 그럼 너희들이 슈스터 선생님한테 얘기해보렴. 물론 아주 정중하게 얘기해야 해. 객관적으로 말이야.

아들 아무도 그럴 용기가 없어요. 그런 애길 했다간 당장 어려운 종목을 해보라고 시킬 게 뻔하니까요. 그리고 그걸 잘 못하면 바로 '가' 예요. 잘못했다간 체육 한 과목 때문에 유급을 당할지도 모른다구요!

아빠 흠, 그게 사실이라면, 넌 절대로 나서지 말아라, 알았지?

아들 나서봤자 소용도 없어요. 그 일을 하기엔 올라프가 적격인데,
올라프는 슈스터 선생님이 제일 예뻐하거든요!

아빠 그건 왜?

아들 올라프가 덤블링을 끝내주게 잘하거든요.

아빠 그래? 멋지구나. 그럼 그애한테 한번 얘기해보라고 하지 그러
니.

아들 그런데 그앤 그런 일 하기 싫대요!

아빠 흠…… 할 수 없지, 그거야 그애 맘이니까……

아들 그치만 찰리 아빤 어떤 일을 할 수 있는 처지에 있는 사람이면
꼭 해야 한다고 하셨어요!

아빠 그런 일은 강요한다고 되는 게 아니야. 꼭 해야 하는 의무도 아
닌걸!

아들 그치만 아무런 피해도 안 입고 그 일을 할 수 있는 사람은 올라
프밖에 없는데두요? 우리 옆반에도 베르너처럼 슈스터 선생님
이 안 좋아하는 애가 있었어요. 그런데 그 반에서는 반장이 나
서서 슈스터 선생님하고 얘길 했대요. 그래서 이젠 괜찮대요!

아빠 그럼 너희들도 너희 반 반장을 보내면 되겠구나.

아들 베르너가 우리 반 반장인걸요……

아빠	저런!

아들	그리고 옆반에서 슈스터 선생님하고 얘기한 애는 자기가 반장
이라서 그런 게 아니었어요!

아빠	그래? 그렇다면 정말 영웅적인 행동을 했구나.

아들	그게 아니에요. 걔네 아빠가 형…… 아니, 그게 아니라 교장 선
생님 부인의 오빠래요.

아빠	그랬구나! 그런 혈연 관계였단 말이지! 찰리 아빠는 그래도 괜
찮다더냐?!

아들	물론이죠! 그렇게 해서라도 한 사람을 구할 수 있다면 그게 무
슨 상관이겠어요!

아빠	지금 무슨 소설 쓰니? 그만한 일에 목숨 운운하게?
	(침묵)

아들	아빠, 찰리가 그러는데요, 걔네 아빠가 그랬대요. 히틀러 시절
에도 진실을 말하고도 아무 해도 안 입은 사람들이 있었다구
요.

아빠	그건 우리 생각일 뿐이야.

아들	찰리 아빠 말이 덴마크 왕은 그때 히틀러가 시키는 대로 안 했
대요. 유태인들한테 노란색 별을 달게 한다든가 하는 그런 거
말예요.

아빠	그건 한 나라의 왕이니까 그럴 수 있었던 거야.

아들 히틀러가 좋아했던 사람들도 그럴 수 있었겠죠? 그리고 교황
    두요. 그리고 장군들도……

아빠 (말을 가로막으며) 제발 너랑 상관 있는 이야기만 할 순 없겠
    니?

아들 알았어요. 아빠, 아빠가 슈스터 선생님이랑 한번 얘기해보면
    안 될까요? 베르너는 이제 수업까지 빼먹어요. 그리고……

아빠 내가? 내가 왜 그런 일을 해야 하지?

아들 슈스터 선생님이 아빨 좋게 생각한다면서요.

아빠 그렇다고 나랑 아무 상관도 없는 일에 함부로 끼여들 순 없어!

아들 만약 내가 미움을 받았으면요, 베르너가 아니라……

아빠 그거야 당연히 나랑 상관 있는 일이지!
    (침묵)

아들 찰리 아빠 말이 다른 사람들도 다 그런 식이래요, 결국은 때를
    놓쳐서……

아빠 뭐? 다른 사람들도 그런 식이라니?

아들 모두 자기가 당할 때까지 기다린다구요!

표리부동

아들   아빠, 찰리가 그러는데요, 걔네 아빠는 이 세상을 구제할 수 있는 비법을 딱 한 문장으로 표현할 수 있대요!

아빠   그게 정말 가능할까? 그게 만약 사실이라면 그 동안 교수나 전문가들이 써놓은 긴 논문이나 이런저런 주장을 펼쳐온 전문 서적들이 모두 무용지물이라는 뜻인데! 문제가 벌써 다 해결된지도 모르고 말이다. 그래, 어디 그 비법이라는 게 뭐라든?

아들   하지만 듣고 나서 아빠도 한번 생각을 해봐야 해요!

아빠   물론이지. 그건 걱정하지 말아라.

아들   (천천히 또박또박 힘주어) 있잖아요, 사람들이 자기가 얘기한 걸 꼭 실천으로 옮기면 된대요!

(침묵)

아빠   그게 다냐? 참 대단도 하구나!

아들   한번 잘 생각해봐요, 아빠. 그럼 아빠도 그 말이 정말 맞다고 생각하게 될걸요!

아빠   잘 생각해봐야 하는 건 바로 너야. 아빤 커피나 마셔야겠다.

아들   정당들만 봐도 그렇잖아요. 선거할 때 다들 얼마나 많은 걸 약속해요?

아빠   아주 많지. 그건 사실이다.

아들   모두들 시민단체에도 잘해주고 또 깨끗한 공기와 물을 공급하겠다고 철석같이 약속하잖아요…… 그런데 그 약속들이 지켜지나요?

아빠   지켜진 것들도 있어. 찰리 아빠가 잘 몰라서 그렇지.

아들   법을 새로 만든 거 말이에요?

아빠   그것만이 아니라 전체적으로 그렇다는 거야.

아들   법이 새로 생겨도 아무 소용도 없는걸요 뭐. 찰리 아빠가 그러는데 법 중에는 공장들이 폐수를 그냥 강으로 흘려보내지 않도록 꼭 정화 장치를 설치해야 한다는 규정도 있대요.

아빠   그런 법이 있다면 그렇게 하고 있겠지.

아들   그런데 아니래요. 라인 강만 봐도 그렇잖아요! 법대로 하지 않는 사람들은, 들키면 그냥 벌금 내고 말지 뭐, 그렇게 생각한대요. 그게 정화 장치를 설치하는 것보다 훨씬 더 싸니까요!

아빠 알았다, 이제 이 아빠 말도 한번 들어보렴! 정치나 경제에 관한 이야기들은 너희들이 뭐라고 하기에는 너무 큰 문제들인 것 같구나. 정 그렇게 토론을 하고 싶거든 네가 직접 판단할 수 있는 네 주변의 문제를 찾아보는 게 어떻겠니, 응?

아들 좋아요, 그럼 우리 동네에 사는 사람들을 예로 들게요. 우리 동네 사람들은 전부 환경오염이나 뭐 그런 일들에 적극적으로 반대하는 것처럼 말해요. 아빠가 보기에도 그렇죠?

아빠 그런 것 같더구나. 동네 사람들을 다 알진 못하지만, 대부분은 아주 합리적이고 이성적인 사람들 같아.

아들 그런데 실제로는 어떤 줄 아세요?

아빠 뭐, 어떤데? 그 사람들이 특별히 꼬투리 잡힐 만한 행동을 하는 건 못 본 것 같은데……

아들 다른 사람들이 보고 있을 땐 물론 그렇죠. 그럴 때 그냥 창문을 닦는다든지 길을 쓴다든지 아니면 꽃을 손질한다든지 뭐 그런 모습을 보여주죠. 다른 사람들한테 모범적인 사람처럼 보이려구요!

아빠 말이 좀 심한 거 아니냐? 그거야 지극히 일상적인 건데.

아들 그것 때문에 이러는 게 아니에요. 문제는 그런 사람들이 아무도 안 본다 싶으면 자기 집 쓰레기를 빈 공터 같은 데 마구 버린다는 거예요!

아빠 네가 말하는 그 자기 쓰레기라는 게 혹시 맥주 깡통이나 비닐 봉지 같은 거라면, 그건 이 근처를 어슬렁거리는 노숙자들 짓이야! 경찰들은 그런 것도 신경 안 쓰고 도대체 뭘 하는 건지!

아들 그럼 아빠가 경찰에 한번 신고해봐요. 그치만 아빠 신고를 받고 경찰이 뤼드케 아저씨를 잡아와도 놀라진 마세요!

아빠 뤼디케 박사 말이냐? 그게 무슨 뜻이니?

아들 며칠 전에 그 아저씨가 차를 타고 가면서 담배꽁초가 가득 든 재떨이를 동네 뒤쪽 텃밭에 버리는 걸 봤다구요! 밤에요!

아빠 도저히 믿을 수가 없구나.

아들 내가 두 눈으로 똑똑히 봤다니까요!!

아빠 어떻게 그런 일을…… 정말 이상해.

아들 아빠가 멋있다고 홀딱 반한 베버 아줌마도 마찬가지예요.

아빠 내가 어쨌다구? 너 지금 소설 쓰니?

아들 그 아줌마가 지나갈 때마다 아빠가 그랬잖아요. 옷도 너무 센스 있게 잘 입고 애들도 얼마나 잘 키우는지 정말 존경스럽다구요.

아빠 됐으니까 그만 해라, 응? 그건 그렇고 베버 부인은 또 무슨 큰일을 저질렀다는 거냐?

아들 페인트칠하고 남은 걸 몽땅 하수구에 버렸다구요! 그 집 얼마 전에 새로 고쳤잖아요, 아주 멋있게.

아빠 그건 분명히 무공해 천연 페인트였을 거야. 그런 건 물에 쉽게
분해되니까 하수구에 버려도 별로 문제될 거 없어.

아들 아니에요, 아줌마가 버린 건 우리집에 있는 거랑 똑같은 페인
트였어요. 지난여름에는 정원에 있는 자동 물뿌리개를 하루 종
일 틀어놓는 것도 본걸요. 한낮에두요. 한여름엔 어차피 물이
금방 증발해버리는데!

아빠 흠, 불행하게도 물 절약의 필요성에 대해 모든 사람들이 다 동
감하는 건 아닌가보구나.

아들 물을 낭비하는 건 우리집도 마찬가지예요.

아빠 언제? 네가 세수할 때 펑펑 써대는 물 얘긴 분명 아닐 테고.

아들 아뇨, 저야 당연히 물을 아껴 쓰죠. 문제는 아빠가 좋아하는 와
이셔츠라구요. 아빠가 그것만 입으려고 하니까 세탁기가 다 안
차면 엄마가 손으로 그것만 따로 빨아야 하잖아요. 안 그러면
아빠가 난리를 치니까.

아빠 난 그 셔츠 안 빨아놨다고 난리친 적 없어. 빨리 빨아달라고 부
탁한 적은 있어도. 그리고 셔츠 하나 손으로 빤다고 그게 뭐 그
렇게 큰일이냐? 그런 것보단 가전제품을 좀 덜 사용하는 게 더
절약하는 거야. 너도 하루 종일 음악을 틀어놓잖아!

아들 오디오는 전기가 아주 조금밖에 안 든단 말예요. 조금만 추워
도 아빠가 틀어놓는 전기 히터하곤 비교도 안 돼요! 아빠 잘 때

까지 켜놓잖아요.

아빠   우리집은 밤이 되면 특히 추워. 그리고 난 추위에 약하단 말야.
하느님 맙소사! 아빠 방 온도까지 너한테 간섭받아야겠냐?

아들   하지만 엄마는 너무 덥다고 하던걸요. 그래서 아빠한테 앙고라
잠옷을 하나 사줄까 생각중이래요. 지난번에 할아버지한테 선
물한 거랑 비슷한 걸로.

아빠   우리 그 얘긴 이제 그만 하는 게 어떻겠니?

(침묵)

아들   우리 차도 너무 큰 것 같아요.

아빠   (목소리를 내리깔며) 그것도 네가 상관할 일은 아니야.

아들   찰리가 그러는데요, 걔네 아빠가 그랬대요. 꼭 차를 몰고 다니
면서 공기를 오염시켜야 한다면 한두 사람 정도는 더 태우고 다
니는 게 환경을 생각하는 거라구요.

아빠   그 얘긴 더이상 듣고 싶지 않다고 했을 텐데! 내가 버스 운전기
사냐? 그리고 내가 차 없이 지하철 타고 다닐 때 날 회사까지
태워다준 사람은 아무도 없었어.

아들   그때부터 사람들이 다 이기적이었던 거예요!

아빠   누구는 열심히 일해서 한 푼 두 푼 모아 어렵게 차를 사고, 또 기
름값에 세금까지 꼬박꼬박 내면서 사는데 누구는 손가락 하나
세워서 아무렇지 않게 그 차를 얻어탄다는 건 정말 불공평한 일

이야! 불공평하다구!

아들　히치하이킹 얘기가 아니에요.

아빠　그럼 무슨 얘긴데?

아들　찰리 아빠가 그러는데, 아저씨 공장에 같은 동네에 사는 사람이 두 명 있대요. 그 사람들은 근무 시간도 똑같은데 매일 각자 차를 몰고 나란히 공장으로 출근을 한대요. 그럴 땐 서로 번갈아가면서 태워주면 될 텐데!

아빠　그래, 그럴 수도 있겠구나. 이제 엄마한테 가서 커피 다 됐냐고 좀 물어봐줄래?

아들　네, 잠깐만요. 아빠, 안나랑 얘기해봤는데요, 이 골목 끝에 사는 우리 반 친구 있잖아요, 아빠도 알죠?

아빠　그래. 그런데?

아들　그런데 걔네 아빠가 일하는 회사가 아빠 회사 바로 옆이래요. 그러니까 걔네 아빠랑 아빠도 차를 같이 타고 다니면 어떨까 하구요.

아빠　정말 듣자듣자 하니까, 너희들 정말 못 말리겠구나! 아이들이 두 명만 모였다 하면 별의별 엉뚱한 생각을 다 하니, 원!

아들　그게 어때서요? 아침마다 다른 사람이랑 같이……

아빠　이제 그만 하자. 난 아침마다 알지도 못하는 사람이랑 시간 맞춰가면서 그러기 싫어, 불편하다구.

아들 같이 다니다보면 자연히 서로 잘 알게……

아빠 그만 하라고 했잖아!

아들 아빠가 진심으로 환경을 생각하는 줄 알았는데.

아빠 그건 사실이야! 하지만 무슨 일이든지 한계가 있는 법이야!

아들 (실망한 투로) 아빠도 똑같아요. 다른 사람들만 실천하길 바라
고 아빠는 안 지키잖아요.

아빠 난 지금 이 순간 다른 무엇보다 네가 입을 다물어줬으면 좋겠구
나. 너처럼 아빠가 벌써 세 번씩이나 그만 하라고 하는데도 들은
체 만 체 황당한 소리만 늘어놓는 것도 일종의 에너지 낭비야!

아들 전기가 드는 것도 아닌데요, 뭐.

아빠 전기는 안 들어도 내 신경은 소모된단 말이야. 네 얘기 듣다 보
니 코냑이라도 한잔 해야겠구나. 가서 코냑 병이랑 잔 하나 갖
고 오렴.

아들 한 가지 더 물어볼 게 있는데……

아빠 (땅이 꺼져라 한숨을 내쉬며) 뭐냐? 혹시 사람이 죽은 뒤에 어
떻게 되는지 물어보려구? 아니면 세상이 어떻게 창조됐는가
하는 거?

아들 아뇨. 그냥 좀 알고 싶어서요. 옛날에 쓰던 그 큰 트렁크 어떻게
했나 해서요. 그때 쓰레기통에 안 들어가서 아빠가 알아서 처
리하겠다고 했잖아요.

역자 후기

『아빠, 찰리가 그러는데요』는 원래 NDR(북독일 라디오) 방송에서 연재된 방송극이었다. 그런데 방송이 수년간 계속되는 동안 애청자들로부터 대단한 인기와 호응을 얻었고, 또 방송국으로 극 대본을 구할 수 없느냐는 전화가 쇄도하면서 책으로 정식 출판되게 되었다.

여기에는 어린 아들과 아빠가 나온다.

이제 갓 초등학교에 입학한 여덟 살짜리 아들(아들은 시리즈가 계속되는 사이 열한 살이 된다)은 세상에 대해 궁금한 것이 너무 많다. 아들의 대화 상대인 아빠는 국세청에서 일하는 공무원으로 이모할머니의 유산 덕분에 일찍부터 안정된 생활 기반을 마련할 수 있었고, 또 성실하게 일해서 웬만큼 남부럽지 않은 삶을 살아가는 중산층의 시민이

다. 또 그는 교육받은 사람답게 아들의 '터무니없고 맹랑한' 질문들을 무시해버리지 않고 성심성의껏 대답해주고자 노력하는 성실한 아빠이기도 하다.

아이에게는 같은 또래의 찰리라는 친구가 있다. 찰리의 아빠는 공장에 다니는 '블루 칼라'이다. 사회의 온갖 부정부패와 부조리를 외면한 채 자신의 기득권을 지키기 위해 안정만을 추구하는 소시민들과 달리, 그는 '깨어 있는 자'로서 계층간의 격차나 정치가들의 위선, 이중성, 소시민들의 이기주의, 무사안일주의 등을 날카롭게 지적할 뿐만 아니라 그런 사회를 개선하고자 하는 의지를 갖고 있다. 또 찰리의 누나는 이제 스무 살을 갓 넘긴 나이지만 사회에서 여성으로서의 자신의 위치를 자각하고 여성의 정당한 권리를 되찾으려 노력하는 페미니스트이다.

이처럼 사회에 대해 비판적인 시각을 갖고 있는 찰리의 가족들은, 점점 핵가족화되고 또 그 얼마 안 되는 가족들 내에서조차 대화가 사라지고 서로에 대해 무관심해져가는 현대의 가정과 달리, 항상 시끌벅적하고 어떤 얘기든지 털어놓을 수 있고 또 비판할 수 있는 진정한 민주주의적 가정의 모습을 보여주고 있다.

아들은 이런 찰리와 찰리의 가족에게서 진정한 가족애, 이웃애, 그리고 민주주의를 배우며 어렴풋하게나마 이런 이념들과 현실 간의 괴리를 느끼게 되는 것이다. 그래서 아들은 아빠에게 끊임없이 "왜"냐고 질문을 한다.

아이들에게는 바른 말, 바른 행동을 해야 한다고 입버릇처럼 말하면서 정작 자신들은 그런 것을 초등학교 도덕 교과서에나 나오는 현실성 없는 이상일 뿐이라고 생각하는 어른들. 국민들의 세금을 포탈해서 자신들의 사리사욕만 채우기에 급급하며 흑색 선전으로 상대방을 비방하고 헐뜯기에 바쁜 정치인들을 비난하면서 자신은 회사에서 쓰는 작은 사무용품을 아무런 양심의 가책도 없이 집으로 가져가고 또 자기 집 쓰레기를 남몰래 근처 공터에 갖다 버리는 것이 오늘날 우리 어른들의 비뚤어진 자화상은 아닐까.

아이는 어른의 거울이라고 했던가. 그러나 아이들이 단순히 어른의 행동을 흉내내서가 아니라 어른들의 삐뚤어지고 추한 몰골을 바로잡을 수 있는 유일한 매개이기에 거울이라고 한 것은 아닐까.

아빠는 아들에게 옳은 일이라면 항상 누가 시키기 전에 자발적으로 행하라고 가르친다. 그런 어느 날 아들이 아빠에게 말한다. "아빠 왜 아낄 줄 모르고 국가가 절약을 강요할 때까지 기다리는 거죠?"

2002년 가을

강 혜 경

옮긴이 강혜경

연세대학교 독어독문학과를 졸업하고 독일 프라이부르크 대학에서 수학했다.
연세대학교에서 독문학 박사학위를 받았다. 현재 프리랜서 번역가로 활동하고 있다.
『야누스의 얼굴 천칭자리』 『잔인한 승부사 사자자리』 『꼬마 인디언』 『넌 어디서 왔을까』
『용의 기사』 등을 우리말로 옮겼다.

아빠, 찰리가 그러는데요 1

1판 1쇄   2002년 10월 30일
1판 21쇄   2020년 9월 15일

엮은이   우르줄라 하우케
옮긴이   강혜경
펴낸이   김정순
펴낸곳   (주)북하우스 퍼블리셔스
출판등록   1997년 9월 23일 제406-2003-055호

주소   04043 서울시 마포구 양화로 12길 16-9(서교동 북앤빌딩)
전자메일   henamu@hotmail.com
홈페이지   www.bookhouse.co.kr
전화번호   02-3144-3123
팩스   02-3144-3121

ISBN   89-89799-06-6 04850
       89-89799-20-1 (세트)